ANA Y EL PLAN PEGAJOSO

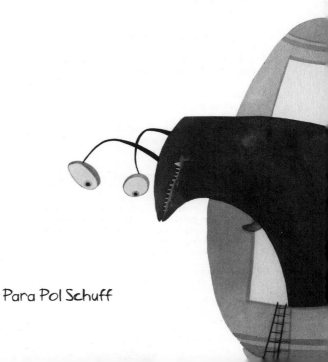

Para Pol Schuff

Ana y el plan pegajoso
ISBN: 978-607-9344-44-3
1ª edición: mayo de 2014

© 2013 by Nicolas Schuff y Damian Fraticelli
© 2013 de las ilustraciones by mEy!
© 2013 by EDICIONES URANO, S.A., Argentina.
Paracas 59 – C1275AFA – Ciudad de Buenos Aires

Edición: Anabel Jurado
Diseño Gráfico: Claudia Anzilutti

Ediciones Urano México, S.A. de C.V.
Insurgentes Sur 1722, ofna. 301, Col. Florida
México, D.F., 01030, México.
www.uranitolibros.com
uranitomexico@edicionesurano.com

Impreso en China – *Printed in China*

Nicolás Schuff – Damián Fraticelli

ANA Y EL PLAN PEGAJOSO

Ilustraciones: mEy!

URANITO EDITORES

ARGENTINA - CHILE - COLOMBIA - ESPAÑA - ESTADOS UNIDOS
MÉXICO - PERÚ - URUGUAY - VENEZUELA

Capítulo 1

Ana entró al baño a buscar el esmalte para las uñas. Se miró en el espejo y estudió sus pecas. Parecían islas tropicales flotando sobre el mar claro de su piel. Por un momento se imaginó recostada en la playa de una de esas islas, bronceándose al sol y tomando jugos de piña en vasos largos con sombrillitas. No tuvo dudas: haría lo posible para que sus próximas vacaciones fueran así. Porque las que acababan de terminar estaban a años luz de esas fantasías.

Sus padres habían gastado los pocos ahorros que tenían en pintar la cantina donde trabajaban, y el dinero que quedó les alcanzó apenas para viajar un fin de semana a la laguna Chis Chas.

—Vas a ver que te va a gustar —le prometió su papá—. Es un paraíso.

Y lo era… para los mosquitos. Ana jamás había visto tantos y tan grandes. Durante la noche zumbaban en las orejas como violines desafinados. Además, el repelente les encantaba: cuanto más se ponía, más la picaban.

Cuando volvieron a la ciudad, el papá de Ana trajo dos truchas; la mamá, un ramo de flores para decorar la cantina; y Ana, quince ronchas del tamaño de una moneda. Algunas todavía le picaban.

Unos días después se inscribió en un curso de teatro en el club de la colonia. Estaba ansiosa por poner en práctica todo lo que había aprendido imitando a sus actrices favoritas. Sabía actuar de enamorada, de desengañada, de reina loca, de bruja, de espía y de cantante. Sin embargo, se quedó con las ganas, porque el primer día de clases el club se inundó y cerró por tiempo indeterminado.

Al final, Ana se había resignado a pasar el resto de las vacaciones en la terraza de su casa, sumergida en el caldo de la alberca de lona. Pero ni siquiera eso pudo hacer: la tela de la alberca se rajó en varias partes y hubo que tirarla.

Así que si el infierno existía, pensaba Ana, debía parecerse a ese verano. Y eso que no tomaba en cuenta lo peor–de–lo–peor que le había ocurrido. Pero era preferible ni pensar en eso.

Ana volvió del baño con el esmalte y se sentó junto a Martina, su mejor amiga, que hacía zapping mientras devoraba snacks de una bolsa.

Cuando Ana le hizo el resumen de sus vacaciones, Martina quedó impresionada.

—¿De verdad la pasaste tan mal? —preguntó.

—Estoy contenta de que mañana empiecen las clases. Con eso te digo todo —respondió Ana.

—No me lo recuerdes que me deprimo.

—Lo único bueno que me pasó fue que encontré un sitio en Internet donde pasan películas de antes.

—¡Divertidísimo! —se burló Martina.

—A mí me gustan.

—Mejor cuéntame de Lucas

"Uf", pensó Ana. "Ahora viene lo–peor–de–lo–peor del verano".

—Ya no salgo con Lucas —dijo, seria.

—¡¿Cómo?! —gritó Martina y se atragantó con una papa frita—. ¿Qué pasó? ¿Te enamoraste de otro?

—¿Eh? ¡No!

—¿Entonces?

—Lo único que te voy a decir es que Lucas es un bobo. Y digo "bobo" porque no me gusta decir malas palabras.

—¡Entonces fuiste tú quien decidió terminar!

—Sí —afirmó Ana, enojada—. Pero no hablemos de eso que me pongo mal.

—Está bien… ¿Pero se dieron un beso tú y Lucas o no?

—Son cosas mías —contestó Ana, soplándose el esmalte de las uñas para que se secara.

—Si no me lo dices es porque se besaron. ¡Te conozco!

Ana no contestó. Le quitó el control remoto a su amiga y cambió de canal.

—¡Vamos!, ¿cómo es? —se exaltó Martina.

—Así —dijo Ana, y señaló la tele.

En la pantalla, una pareja se besaba dentro de un auto, sin sospechar que un monstruo del espacio se disponía a devorarlos.

—¿Y tus vacaciones qué tal? —preguntó Ana para cambiar de tema.

—¡Genial!

El verano de Martina había sido muy diferente del de Ana.

Como sus padres estaban separados, tuvo vacaciones

dobles. Con su mamá y su tía habían ido a la playa y visitaron Planeta Marino, un acuario fabuloso donde Martina vio pingüinos, focas, delfines y hasta un tiburón. Toda esa tarde le insistió a su mamá para que adoptaran una foca como mascota.

—Son los animales más simpáticos y educados del mundo —argumentaba—. ¡Cada vez que les dan de comer, aplauden!

Pero su mamá no quiso saber nada. Bastante tenía con Bernardo, el sapo que Ana y Martina habían conocido en una aventura el año anterior. Ahora vivía en el jardín de Martina y, de vez en cuando, entraba a la casa y hacía pipí en la alfombra o en los almohadones.

Sin duda, lo mejor del verano de Martina había sido la segunda parte, las vacaciones con su papá. Él se había hecho novio de una mujer que tenía hijas gemelas de quince años, Yamila y Ludmila. Habían viajado juntos al sur, donde subieron a una montaña altísima y Martina tocó la nieve por primera vez.

Al principio, Martina no podía ni ver a las gemelas, le parecían tontas y agrandadas. Pero al final se hicieron amigas cuando ellas empezaron a pedirle consejos sobre sus novios.

—¿Consejos? —preguntó Ana, extrañada.

—Sí. Las dos se la pasaban mandándose mensajitos con sus novios, pero de pronto me preguntaban y me preguntaban: "¿Qué le digo? ¿Qué le digo?".

—¿Y qué hiciste?

—Les dije que hicieran como hago yo con mi novio;

que fueran sinceras y dijeran las cosas sin rodeos. ¡Y les fue re bien! Ahora me aman.

—Pero si no tienes novio, Martina.

—Ya sé, pero tanto hablaban de sus novios que me entusiasmé y les dije que tenía.

—O sea, les mentiste.

—Un poquito, casi nada, porque este año quiero tener novio. ¿Me vas a ayudar? ¡Tú tienes experiencia!

—¿Yo?

—Sí, por favor. Empieza contándome cómo se da un beso.

—No sé, Martina. Duré un mes con Lucas, nada más.

—¿Y eso qué tiene que ver? Con un minuto basta.

—¿Sabes lo que es un beso de verdad? —preguntó Ana, seria.

Martina la miró a los ojos.

—¿Si sé lo que es un beso?

De pronto le agarró la cara a Ana y le dio un beso pastoso en el cachete.

—¡Puajjj!

Ana se limpió con la mano.

—¡Eso es un beso! —exclamó Martina, riéndose.

—¡Me llenaste de papa frita, asquerosa!

—¡Eso te pasa por hacerte la interesante!

—¡No me hago la interesante! —se defendió Ana—. Pero un beso no es solamente pegar tus labios contra otra persona.

—Cierto, también tiene que estar la lengua. ¡Lo olvidé!

Martina sacó la lengua y se acercó a Ana tratando de abrazarla.

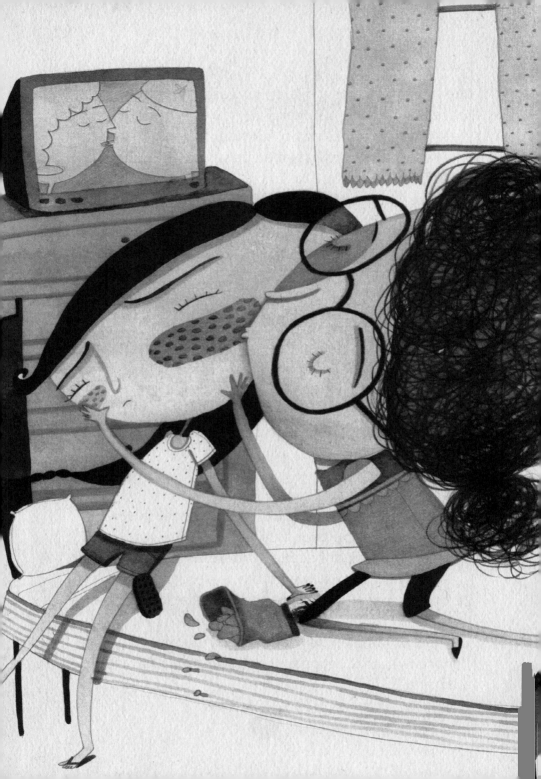

—¡Quítate! —se rio Ana y la empujó—. No hablaba de la lengua. Hablaba del amor.

—¿Amor? ¿Qué tiene que ver el amor?

—¿Cómo qué tiene que ver? Un beso sin amor es... es algo... no sé —dudó Ana—. Es como... una flor sin perfume.

Martina se quedó pensando.

—Eso lo sacaste de una de tus películas viejas, ¿no?

Ana no contestó; su mamá la llamaba para que la ayudara en la cocina.

—¡Ya voy! —gritó.

—Bueno —dijo Martina—, me voy a casa a preparar la mochila para mañana.

Ana la acompañó hasta la puerta. Cuando se despidieron, Martina le pasó la lengua por el cachete.

—¡Cerda! —protestó Ana, y la golpeó sin alcanzarla.

—¡Fue con amor! —le gritó Martina desde la esquina, soltando una carcajada.

Capítulo 2

Era temprano. El patio del colegio desbordaba de chicos que gritaban y reían. La mayoría no se había visto durante las vacaciones y tenía miles de cosas que contarse. Ana los observaba desde un rincón, inquieta. Hacía dos meses que no sabía nada de Lucas, y volver a verlo le ponía la piel de gallina. Aunque jamás lo hubiera confesado, se moría por saber cómo estaba, qué había hecho en el verano, si tenía otra novia (algo que nunca le perdonaría). Al mismo tiempo, deseaba que se hubiese cambiado de colegio, de colonia, de país, de planeta.

Mientras ella subía y bajaba en esa montaña rusa de sensaciones opuestas, apareció Martina. No llevaba los gruesos anteojos de costumbre y se había hecho una cola de caballo alta y llamativa, que intentaba ser elegante pero parecía un plumero. Además se había puesto aretes (uno azul en una oreja y uno naranja en la otra) y las mejillas le brillaban como tomates recién lavados.

—¿Y? —preguntó Martina, con las manos en la cintura, para que su amiga la admirara—. ¿Qué tal?

—Me parece que te pusiste demasiado maquillaje.

—No me puse nada, me pellizqué los cachetes antes de entrar —respondió Martina—. Este año quiero estar más linda. El único problema es que no veo nada…

Sacó de la mochila algo envuelto en papel dorado y se lo dio a su amiga.

—Para ti —dijo—. Ayer olvidé llevarlo a tu casa.

Ana rompió el envoltorio. Adentro había una foca hecha de un plástico duro y transparente. En la base tenía un sacapuntas y una plaquita que decía "Recuerdo de Planeta Marino".

—La compré en el acuario, con mi propio dinero —le contó Martina.

—Gracias.

—Cambia de color según la temperatura. Si hace frío se pone azul, si hace calor se pone roja. ¿No es una genialidad?

—Sí, nunca vi nada igual…

—¿Ese no es Lucas? —señaló Martina, entrecerrando los ojos para ver mejor.

Ana no pudo contestar. Cuando vio a Lucas se puso colorada de golpe. Por suerte, él no las había visto.

—¡Bobo! —le gritó Martina.

—¡¿Qué haces?!

Ana tironeó a su amiga de un brazo y la escondió atrás de una columna.

—¿Cómo que qué hago? —protestó Martina—. Se lo merece por lo que te hizo.

—¿Y cómo sabes lo que me hizo?

—No sé, pero por algo lo dejaste ¿o no? Igual me vas a tener que contar todo lo que pasó. Entre amigas no hay secretos.

Cuando sonó el timbre, los chicos entraron a los salones

apurados para elegir su lugar. Lucas por suerte estaba en otro grupo.

Ana y Martina iban a sentarse junto a la ventana cuando una voz chillona las detuvo.

—¡Perdón! Ese lugar es mío.

Era Vanina, más conocida como la Chiclona, porque nadie la había visto nunca sin un chicle en la boca.

—¿No ven que está reservado? —dijo.

—¿Dónde? —preguntó Martina.

—Aquí.

La Chiclona estampó un sello de goma con su nombre sobre la mesa y le dijo a Martina:

—¿Qué pasó, cuatro ojos? ¿Olvidaste los anteojitos?

La Chiclona y sus amigas se rieron y codearon festejando el supuesto chiste. Ana pensó que se parecían a tres cochinitas revolcándose en un chiquero. Así como la molestaban a ella por sus pecas, a Martina solían fastidiarla por su miopía.

—No importa, Martina, hay lugares mejores.

Su amiga miró furiosa a la Chiclona y se fue con Ana tres lugares atrás.

—No le hice nada porque no quiero despeinarme —le aclaró a Ana mientras se sentaban.

La señorita Lidia dio algunos gritos, esperó que todos terminaran de acomodarse e hicieran silencio y después les comunicó una noticia:

—Este año van a tener un compañero nuevo —dijo, mientras hacía entrar a un chico alto, con un flequillo color arena que le caía sobre un lado de la frente.

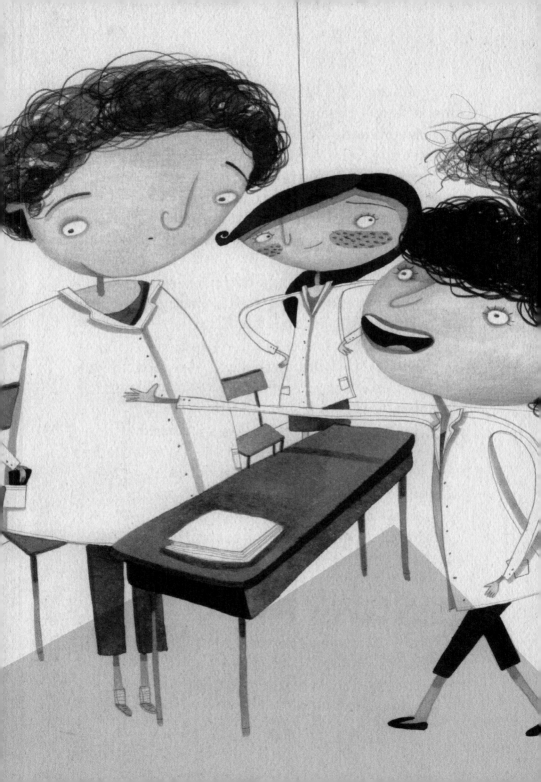

Cargaba una mochila enorme que parecía no pesarle y, aunque se veía un tanto nervioso por la situación, transmitía una profunda seguridad. Tenía los ojos más azules y brillantes que Ana y Martina hubieran visto jamás.

—Él es Mark Slak —lo presentó la maestra—. Vino con sus papás a vivir a nuestro país hace muy poco y todavía no habla bien nuestro idioma, así que entre todos lo vamos a ayudar. Mark va a estar con nosotros todo el año. ¿No es cierto, Mark?

—Sí. Hola —saludó el chico nuevo.

Su acento extraño y el tono de voz, grave y sereno, atrajeron a las chicas al instante.

—¿Por qué no nos cuentas algo? —le pidió la señorita.

—¿Contar…? Uno, dos, tres, cuatro… —respondió Mark.

El grupo estalló en una carcajada.

—Pobre, no entiende nada… —dijo Ana.

—Sí, pero es re lindo —se entusiasmó Martina.

—Me parece que no me entendiste —le aclaró Lidia a Mark, pronunciando lentamente las palabras—. Cuéntanos algo de tu vida.

—¿De mi vida?

—Si haces algún deporte, qué comida te gusta, cuál es tu animal favorito…

—Animal favorito… —repitió el chico, pensativo, hasta que reposó la mirada en la foca que Ana había puesto sobre el pupitre.

—Mi animal favorito es el foca.

—¿Oíste? —le susurró Martina a Ana, apretándole el brazo—. ¡Le gustan las focas como a mí!

—Me parece que lo dijo porque vio el sacapuntas…
—dijo Ana.

—¡Para mí que es una señal del destino!

—¡Bueno, pero suéltame el brazo que me vas a lastimar!

Mientras Mark buscaba un asiento libre, las chicas giraron las cabezas como radares y lo siguieron con la mirada.

—Ana… —dijo Martina.

—¿Qué?

—Me parece que me enamoré.

Capítulo 3

Mark Slak se sentó al fondo, en el único lugar libre del salón, junto a un chico gordo, de rizos y nariz como un ñoqui. Su nombre era Lisandro, pero sus compañeros lo llamaban por su apellido, Miligrana, cuando no le decían "Hipopótamo", o "Hipo", si querían pedirle algo.

Miligrana era el entretenimiento favorito de los chicos malos del colegio. Solían pegarle carteles en la espalda que decían "¡Cuidado, hipopótamo suelto!" o "No alimente al animal". Era más alto y más ancho que la mayoría, pero no sabía cómo defenderse. Más que un hipopótamo, actuaba como un ratón. Tartamudeaba cuando se ponía nervioso, y se pasaba el día royendo snacks y golosinas, escondido en el fondo del salón.

Cuando Mark se acercó, Miligrana movió su mochila y se apretó contra la pared para hacerle lugar. Hacía mucho que nadie se sentaba con él. La novedad lo llenó de ansiedad y empezó a comerse las uñas.

Martina se dedicó casi toda la primera hora a mordisquear un lápiz y mirar a Mark de reojo, esperando que él se fijara en ella. Pero el chico nuevo no se distrajo ni un minuto del pizarrón. Tomaba nota de todo lo que decía la maestra.

—Se ve que es muy inteligente —le dijo Martina a Ana—. ¿Tendrá novia?

—No sé. ¿Cómo puedo saberlo?

—Esas cosas se notan. Para mí que no tiene y está desesperado por enamorarse —fantaseó Martina.

Cuando sonó el timbre del recreo, algunos chicos se amontonaron en la tienda para comprar un sándwich, un dulce o un refresco, y otros se pusieron a jugar a la pelota. La Chiclona y sus amigas saltaban la cuerda. Los más chicos cruzaban el patio corriendo, jugando a las traes y gritando.

Mark buscó un rincón apartado, se sentó contra una pared y se puso a observar el cielo. A veces bajaba la vista y escribía algo en una pequeña libreta con tapas negras. Martina y Ana lo espiaban de lejos.

—Qué raro… ¿Qué escribirá? —se preguntó Martina.

—Tal vez escribe poesía —dijo Ana recordando al protagonista de *Pasión sin red,* una película de amor entre una profesora de tenis y un equilibrista.

—¡Qué romántico!

Al terminar de escribir, Mark guardó su libreta y abrió un recipiente plástico con una ensalada de hojas verdes que empezó a comer lentamente.

Martina tomó a Ana de la mano y le dijo:

—Vamos.

—¡No, Martina…! —protestó Ana, pero su amiga la arrastraba.

Cuando llegaron a donde estaba el chico nuevo, Martina sonrió de oreja a oreja. Se quedó unos instantes así, con la sonrisa congelada, sin saber bien qué decir. Ana miró hacia otro lado, avergonzada. Vio a Lucas jugando a la pelota con otros chicos y se le hizo un nudo en el estómago.

—Hola. Yo soy Martina y ella es Ana, mi mejor amiga —saludó Martina.

Mark las miró y saludó con la cabeza, en silencio, masticando lechuga.

—¿Eres vegetariano?

Mark siguió masticando sin responder.

—¡Yo también! —dijo Martina—. Qué coincidencia ¿no? ¡Somos los únicos del grupo!

Ana no podía creer lo que escuchaba: la comida favorita de Martina eran las milanesas y las patitas de pollo.

Como Mark seguía mirándola en silencio con sus hipnóticos ojazos azules, Martina, nerviosa, se puso a hablar sin parar:

—Espero que te guste nuestro país. ¡Seguro que te va a gustar, vas a ver! En el sur está lleno de focas… y hay muy buenos poetas… ¡y muy buenas verduras…! Nosotras te podemos ayudar con el idioma… ¿no, Ana? Así no te sientes raro, porque debe ser muy difícil llegar a un lugar donde no conoces a nadie… y encima tener que dejar tu escuela anterior y a todos tus amigos y a… a… —Martina tragó saliva e hizo la única pregunta que realmente le importaba—. ¿Tenías novia en tu país?

Mark negó con la cabeza. Pero no estaba claro si respondía a la pregunta de Martina o no había entendido nada de lo que ella le había dicho.

—¡No tienes novia! ¡Buenísimo! Bah, digo… —se corrigió Martina enseguida— buenísimo para ti, porque si tuvieras la extrañarías mucho. Y además te podrías perder otra novia más linda e inteligente… ¿no?

Mark la miró, pensativo. Por primera vez dejó de masticar, tragó y empezó a abrir la boca para responder, pero de pronto saltó y desvió con los puños un pelotazo que venía directo hacia las chicas.

El que había pateado era nada menos que Lucas, que se acercaba. A Ana le empezó a latir con fuerza el corazón. Le daba vergüenza tener cerca a Lucas, y a la vez le molestaba sentirse avergonzada. Al fin y al cabo todo había terminado y era él quien debía avergonzarse, no ella; era él quien tenía que disculparse por lo que había hecho en el verano; era él, y no ella, quien había actuado como un niñito, como un cobarde, como un…

—¡Ey, buen arquero! —dijo Lucas cuando llegó, hablándole directamente a Mark, como si las chicas no existieran.

—¡Y como jugador tú eres un bestia! —se enojó Martina—. ¿No viste que casi nos vuelas la cabeza?

—No exageres —dijo Lucas, recuperando la pelota—. ¿Quieres jugar un rato, rubio?

—Se llama Mark y estaba charlando con nosotras —protestó Martina.

—Vamos, que necesitamos otro arquero —insistió Lucas, y se llevó a Mark del brazo, sin darle tiempo a responder.

—¿Puedes creerlo? —se indignó Martina—. ¡Justo cuando me iba a hablar!

—Increíble… —murmuró Ana, distraída, pensando en

Lucas y recordando otra película de amor, *Secretos y lágrimas*.

—Pero bueno, al menos ya sé que Mark no tiene novia —siguió Martina, contenta—. Tal como te lo dije.

—Sí, me lo dijiste… —repitió Ana, desanimada.

Su historia con Lucas era como un hueso atragantado.

Capítulo 4

Cuando Mark explicó que nunca había jugado al fútbol, el resto de los chicos pensó que era una broma. Pero enseguida vieron que era cierto. Y sin embargo, una vez que le explicaron las reglas, demostró ser un arquero excelente, una máquina de atrapar pelotas y salvar goles.

Jamás se ponía nervioso. Jugaba serio y concentrado como un soldado con la misión de salvar el mundo. Si un delantero se escapaba hacia su portería, él esperaba con los brazos extendidos y la vista clavada en la pelota, arrojándose en el momento justo para atajar o desviar el tiro, como si adivinara un segundo antes hacia dónde iría el pelotazo. Además tenía una flexibilidad sorprendente, y nunca se lastimaba.

Desde ese día, pasó a formar parte del equipo de la escuela.

Pero Mark no solo se destacaba en la portería. Su capacidad de atención y concentración también rindió frutos en el salón. Aunque nunca levantaba la mano, cuando la señorita preguntaba algo difícil o escribía un problema de matemáticas que nadie más sabía resolver, terminaba preguntándole a él. Y Mark respondía siempre bien, salvo cuando confundía las palabras.

Lo cierto es que esa combinación de inteligencia, discreción y éxito en los deportes, sumada al aura de misterio que le daba venir del extranjero, fue irresistible para muchas chicas, incluida Vanina, la Chiclona, que todo el tiempo hacía cosas para llamar su atención. Pero él no hablaba con ninguna y trataba de evitarlas, y eso lo hacía todavía más atractivo. Con el correr de los días, en el pizarrón, en las mesas y hasta en las paredes del baño florecieron corazoncitos dibujados con una "M" de Mark, y al lado la inicial de la enamorada.

Martina se había convertido en una cazadora de esos corazones. Andaba siempre con un marcador negro en el bolsillo y cuando atrapaba un corazón lo tachaba. En su lugar dibujaba uno más grande, con las iniciales "M y M". Además se había comprado diez paquetes de unos dulces con ese nombre, M y M, y había usado los envoltorios para forrar su carpeta.

Sin embargo, a pesar de esos esfuerzos, sus ganas de que Mark cayera rendido a sus pies no se hacían realidad. Se había cambiado varias veces el peinado, había vuelto a usar anteojos (pero ahora unos nuevos y modernos, de armazón rojo), había ensayado varias miradas en el espejo, y también formas de caminar. Pero Mark seguía en su mundo privado de concentración, estudio y ensalada.

—¿Por qué no me mira nunca? —suspiró Martina una mañana, durante la última hora de clase, sentada en su lugar—. ¿Qué es lo que estoy haciendo mal? ¿Será que como carne? ¿Y si uso aceite y vinagre en vez de perfume?

—Los varones son raros —dijo Ana, terminando de

copiar un ejercicio—. Además él no mira a nadie. Quizá tiene novia en el país donde vivía.

—¡Pero si aquel día en el patio me dijo que no!

—Ah, es verdad…

—¿Ves? No te importa que yo consiga novio. Total, como ya tuviste…

—Martina, no seas así.

—¿Así cómo? Tengo razón. Y encima todavía no me has contado qué pasó con Lucas. La verdad que con amigas así…

—¿Lo buscaste en Facebook? —preguntó Ana, que no quería hablar de Lucas—. Ahí podemos averiguar algo de él, saber qué le gusta…

—OBVIO que lo busqué, pero no tiene Facebook. Ni Twitter. Ni nada.

—¿Y si hablas con Miligrana? —sugirió Ana.

—¿Con Miligrana? ¿Para qué?

—Él se sienta con Mark. Es el que más lo conoce. Tal vez le contó algo. No sé, tal vez va a un club, o toma clases de algo… O hace alguna cosa fuera de la escuela en la que quizás puedas participar…

—Eso es cierto… —aceptó Martina, un poco más animada.

—De esa manera podemos pensar un plan de conquista —dijo Ana—. Armarlo paso a paso…

—¡Buena idea!

En ese momento sonó el timbre de salida y todos empezaron a guardar sus cosas.

—Chicos —dijo la señorita Lidia—, antes de que se vayan les recuerdo que mañana vamos a armar los grupos para las jornadas de ayuda al colegio. Piensen qué tareas quieren hacer para que nuestra escuela esté más linda.

—¿Podemos anotarnos en cualquier tarea? —preguntó la Chiclona.

—Las que propuso la directora para nuestro grupo son pintar la fachada, arreglar el telón del auditorio y ordenar la biblioteca.

—¡Que Miligrana arregle las sillas que rompe con su panza! —gritó la Chiclona, y sus amigas se rieron.

—¡Vanina! —dijo la maestra, pero su voz se perdió en el alboroto de la salida.

Ana y Martina esperaron en el salón. Miligrana era siempre uno de los últimos en salir.

Capítulo 5

—No le prestes atención a la Chiclona —le dijo Ana, acercándose—. Tiene las neuronas pegoteadas con chicle.

Miligrana sonrió apenas. No estaba acostumbrado a que una chica le hablara, y menos con palabras amigables. Se colgó con dificultad la mochila para irse.

—Un minuto, tenemos que hablar —lo detuvo Martina.

—¿Co–conmigo? —preguntó el chico, sorprendido.

—Sí. ¿Qué sabes de Mark Slak?

—Que se sienta al lado mío.

—¡Eso ya lo sabemos! Por eso te preguntamos —soltó Martina, mirando a Ana con cara de "te dije que esto no iba a servir para nada".

—Y… mucho no sé, él ca–casi no habla —respondió Miligrana—. Lo u–único que hace es anotar lo que–que dice la maestra. Escribe rapidísimo, y co–con las dos ma-nos. ¿Po–por qué? ¿Qué e–es lo que quieren saber?

—Porque… porque… —titubeó Martina sin saber qué responder.

No quería que Miligrana sospechara que Mark le gusta-ba. Aunque cualquiera podía darse cuenta, ella no estaba dispuesta a admitirlo abiertamente.

—Tenemos una amiga a la que él le gusta —la salvó

Ana—, y le quiere hacer un regalo, pero no se le ocurre qué. ¿Sabes si a él le gusta algo en especial…?

—Mmm… —pensó Miligrana—. ¡La ensalada!

—¡Eso lo sabe todo el mundo! —se impacientó Martina—. ¡Otra cosa! Algo te habrá dicho.

A Miligrana le hubiera encantado tener algo que contarle a las chicas, para caerles bien y seguir la conversación. Pero no se le ocurría nada y no estaba acostumbrado a inventar. Empezó a mordisquearse las uñas, nervioso.

—Bueno, gracias igual por la ayuda —dijo Ana.

—¡Sí, qué ayuda! —protestó Martina.

Dieron media vuelta para irse.

—Esperen… —las llamó el chico.

—¿Qué pasa?

Él las miró, dudando.

—A Mark le gu–gusta escribir en los recreos —dijo.

—Eso también lo saben todos.

—Lo que na–nadie sabe es qué escribe… —dijo Miligrana, con tono misterioso, mientras sacaba del bolsillo un cuadernito de tapas negras.

—¿Esa no es su libreta…? —preguntó Ana.

—Sí. La encontré de–debajo de la silla. Se le debe haber caído cu–cuando se fue.

—¡Genial! —exclamó Martina—. ¡Dámela!

—¡No! No puedo.

—¿Y para qué me la mostraste?

Martina dio un salto y le arrebató la libreta a su compañero.

—¡Espera! —dijo él—. ¡Son co–cosas suyas!

—¡Justamente!

—Miligrana tiene razón —intervino Ana—. No está bien leer cosas privadas.

—Lo siento —dijo Martina, abriendo la libreta en la primera página—. Es un caso de emergencia. Esto es más fuerte que yo.

Pero apenas echó un vistazo arrugó la frente. Pasó dos o tres hojas, y en todas era igual. Estaban llenas de símbolos como estos:

Y había un dibujo que era así:

—¡No se entiende nada! —se quejó Martina—. ¿Será chino?

—¿Chino?

Ana se asomó para ver los dibujos.

—Es muy inteligente —dijo Martina mientras estudiaban los extraños símbolos—. Tal vez sabe chino. ¡Ya sé! La voy a llevar al supermercado de la vuelta de mi casa para que me la traduzcan y…

Miligrana aprovechó la distracción, le quitó la libreta a Martina y se la guardó en el bolsillo.

—¡¿Qué haces?! —le gritó Martina.

—Pe–perdón, pero la encontré yo y mañana se–se la voy a devolver —dijo—. No quiero que se enoje co–conmigo.

Martina parecía a punto de aventar humo por las orejas y arrojarse sobre su compañero, como una locomotora.

—Espera —la contuvo Ana—. ¿Sabes dónde vive? —le preguntó a Miligrana.

—S-sí, ¿por qué? —dijo él, desconfiado.

—Porque podemos ir los tres a devolverle la libreta a su casa. Quizá nos invita a pasar y lo conocemos un poco más… Así podemos contarle algo a nuestra amiga.

—¿Nuestra amiga? —preguntó Martina.

—Nuestra amiga, a la que le gusta Mark —le aclaró Ana, recordándole con la mirada la excusa que habían inventado.

—¡Ah, sí, ella! ¡Buenísimo! —se animó Martina—. Me parece una buena idea, sí. ¡Nuestra amiga va a estar muy contenta!

Capítulo 6

Mark Slak vivía a varias cuadras del colegio. Los chicos tardaron en llegar porque Miligrana se detuvo en varias tiendas a comprar chocolate.

—Estoy en la edad del crecimiento… —se excusaba.

Mientras caminaban, Ana le susurró a su amiga:

—El plan de conquista ya está en marcha. Si hace falta, hay que improvisar.

—En eso soy especialista —dijo Martina, entusiasmada.

La casa de los Slak tenía dos pisos y techo de tejas. Aunque era un día soleado, todas las ventanas estaban cerradas y las persianas, bajas.

—Parece que no hay nadie —se lamentó Martina.

—Siempre que paso por aquí está así —dijo Miligrana, que ya se sentía más confiado y había dejado de tartamudear.

Tocaron el timbre y esperaron. Nadie respondió.

—Me parece que Martina tiene razón —dijo Ana.

—Puede ser —admitió Miligrana.

Entonces se escuchó una voz de mujer detrás de una de las ventanas.

—¿Quiénes son? ¿Qué quieren?

Hablaba el mismo castellano defectuoso que Mark.

—Hola, señora Slak —saludó Martina, contenta—. Venimos a ver a Mark.

—Mark no está.

—¿Adónde fue?

La mujer no respondió. Martina dijo:

—Le trajimos una libreta que se le cayó en la escuela.

—¡Ah, esperan! ¡No se mueven de allí!

Se oyeron pasos y el sonido de las llaves en la cerradura. La madre de Mark abrió la puerta. Era una mujer delgada, alta, elegante. Tenía los mismos ojos que su hijo, de un brillo azul asombroso que, enmarcados por una larga cabellera rubia, en ella se destacaban aún más que en Mark.

—Hola, mi nombre es Martina y ellos son…

—Dame el libreto —la interrumpió con brusquedad la madre de Mark.

Miligrana sacó el cuadernito del bolsillo y se lo entregó. La señora Slak repasó las páginas, como verificando que no faltara nada. Después dio media vuelta y cerró de un portazo. Los chicos se quedaron boquiabiertos.

—¡Qué maleducada! —se indignó Ana—. ¡Ni siquiera nos dio las gracias!

—Esto no se va a quedar así —dijo Martina, y apretó el timbre con fuerza—. Por lo menos vamos a conocer la casa.

—¿Y ahora qué quieran? —gritó la madre de Mark por la ventana.

—¡Miligrana tiene muchas ganas de ir al baño, señora! —respondió Martina.

—¿Yo? —se sorprendió Miligrana.

Martina le dio un codazo.

—¿Lo deja pasar? ¡Si no, va a tener que hacer pipí aquí en la banqueta!

Hubo unos segundos de silencio. Finalmente la puerta se abrió.

—Pasa —le dijo la madre de Mark a Miligrana.

Martina se pegó a las anchas espaldas de su compañero y entró tras él, arrastrando a Ana de la mano.

—El baño quedó por allí —indicó la mujer con fastidio—. Final de pasillo.

Miligrana se alejó y las chicas observaron el lugar. Era una casa de paredes gruesas y techos altos. Todos los muebles estaban cubiertos con sábanas blancas. No había cuadros ni adornos de ningún tipo. Del techo colgaba una lamparita y el aire olía a humedad. Parecía una antigua casa deshabitada, salvo por los pisos de baldosas oscuras, que brillaban como recién pulidas.

—Linda casa, señora —dijo Martina para congraciarse con la madre de Mark—. ¿No, Ana?

—Sí… es… original —agregó su amiga.

La madre de Mark las miraba seria, con los brazos cruzados, impaciente.

—Se nota que se mudaron hace poco —agregó Martina—. Si necesitan ayuda para ordenar o decorar… ¡o clases de español! Yo puedo venir y…

En ese momento se oyó un chirrido en la planta alta. Parecía la conexión de una bocina, o una radio mal sintonizada. La mujer se puso nerviosa.

—Debe ser Mark —dijo.

—¿No que no estaba?

—Seguramente entró por el puerta trasero…

—¡Dígale que venga, por favor! —pidió Martina.

—Tiene tarea para el escuela —dijo la señora Slak—. No quiero que pierda tiempo.

—Hoy nos dieron poca tarea —dijo Martina—. Aparte su hijo es el mejor alumno.

La mujer suspiró.

—Está bien —concedió—. Pero no distraigan mucho. Tiene cosas para hacer.

La señora Slak subió las escaleras y desapareció por un pasillo.

—No es la madre más simpática del mundo —observó Ana—. ¿Por qué tendrá todo cerrado?

—Se ve que quiere mantener la casa limpia —respondió Martina—. ¡Mira cómo brillan los pisos!

Miligrana volvió, suspirando con alivio.

—¡Al final era cierto que tenía ganas de ir al baño! —dijo.

Entonces oyeron pasos en la escalera. Martina se acomodó el pelo al instante.

—¡Hola! —los saludó Mark—. Mi madre me contó que encontraron el libreto.

—La encontré yo —dijo Miligrana, orgulloso—. Y se dice "libreta".

—Muchas gracias. Ese libreta es importante para mí.

Y sin agregar nada más, Mark fue hasta la puerta de calle y la abrió, invitándolos a salir.

—¿Quieres que nos vayamos…? —se sorprendió Martina—. Podrías invitarnos un ratito ya que vinimos hasta acá, ¿no?

—Cierto, a tomar la merienda… —propuso tímidamente Miligrana.

—¿Merienda? —preguntó Mark.

—Leche con chocolate, pan dulce, galletitas…

—Nosotros no comemos eso —dijo Mark.

—Tengo una idea —propuso Martina—. Ya que tu mamá no quiere que pierdas tiempo, podemos hacer la tarea.

—¡Claro! No es mucha —dijo Ana—. Y de paso nos ayudas.

—No lo sé… —dudó Mark.

—Es solo un ratito —dijo Martina—. ¡No te vamos a comer!

—Está bien —aceptó el chico, sin mucho ánimo.

Quitó las grandes sábanas que cubrían la mesa y las sillas del comedor, las dobló y dejó que sus compañeros se ubicaran mientras él subía a su cuarto a buscar la mochila.

—Seguro que va a traer ensaladas… —se lamentó Miligrana.

—Podrías empezar a comerlas, así dejarán de molestarte —dijo Martina.

—No seas mala —la regañó Ana, y vio que su nueva foca sacapuntas estaba llena de restos de lápices.

—En el baño hay un bote para que lo vacíes —le dijo Miligrana.

—Bueno, ahora vengo.

Ana atravesó un largo pasillo, dobló a la izquierda y abrió una puerta. Pero no era el baño, sino una habitación. Estaba llena de grandes planos dibujados. Había

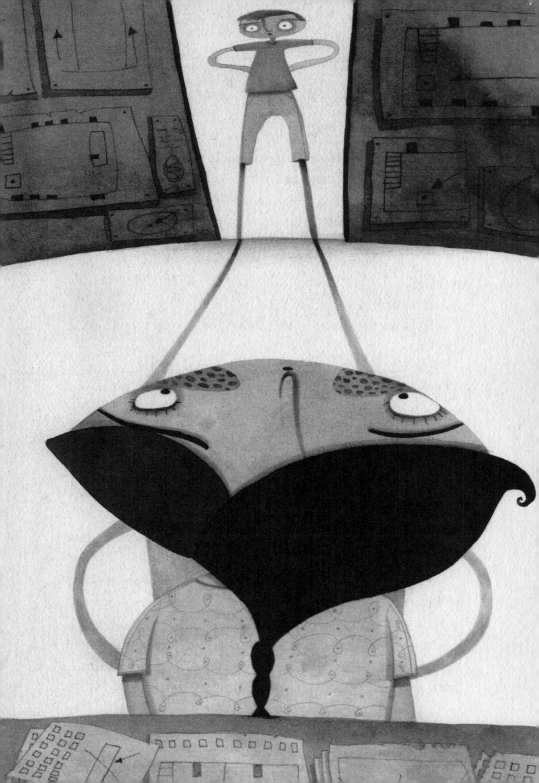

láminas sobre un escritorio y agarradas con chinches a la pared. Algunos dibujos se parecían mucho al que Mark había hecho en su libreta. Otros eran bocetos de un edificio grande con un ancho patio en el centro. A Ana el plano le resultó familiar. ¡Era el colegio! Mark lo había dibujado muy bien, desde muchas perspectivas diferentes.

—¿Qué haces aquí?

Mark estaba parado en la puerta, con expresión muy seria.

—Perdón… —respondió Ana—. Quería ir al baño y me confundí de puerta.

El chico recogió con apuro los planos y comenzó a enrollarlos.

—¿Son tuyos los dibujos?

—Sí. Pero no lo digas con nadie —pidió Mark.

—Se dice "a nadie". Pero ¿por qué? ¡Son increíbles! Dibujas muy bien.

—Porque… porque preparo un sorpresa. No quiero que nadie sepa. ¿Puedo confiar? —le preguntó Mark, con inquietud.

—Sí. Tranquilo, no se lo voy a decir a nadie.

—Gracias —sonrió Mark, aliviado, mirando la foca sacapuntas que Ana sostenía en la mano—. ¿No es azul tu foca? Ahora es rojo.

—Cambia de color según la temperatura —le explicó Ana—. Como ahora le está dando el sol, se puso roja.

Mark tocó la foca con mucho interés.

—Es tibio. Parece que guarda el sol —reflexionó.

—Sí. Se podría decir eso —sonrió Ana.

El chico tomó la mano de Ana y la alzó para ver la foca de cerca. A ella le dio un escalofrío. Mark tenía la piel muy suave pero muy fría.

—Me gustas mucho —dijo Mark.

En un segundo, a Ana se le fue toda la sangre a la cara y se puso más roja que la foca.

—¿Cómo…? —murmuró, retirando la mano.

Mark la miró, sorprendido.

—¿Qué pasa?

—Nada…

—¿Dije algo mal? —preguntó él, sin entender.

—Dijiste que… te gusto mucho.

—Es verdad —dijo Mark.

Ana no sabía qué hacer ni a dónde mirar. Nunca le habían dicho algo así. Se hizo un silencio muy incómodo.

—¡Ah, no! ¡Perdón! —se corrigió el chico, sonriendo—. ¡Lo digo del foca! Es linda cuando se pone rojo. ¡Como tú! También estás roja.

—¡Ah, claro, la foca…! —sonrío Ana, nerviosa.

Se miraron. Ante los magnéticos ojos de Mark, Ana se sintió como una liebre sorprendida y paralizada en medio de la noche por los faros de un auto.

—Mejor voy al baño… —murmuró, y salió apurada.

Capítulo 7

Encerrada en el baño, Ana se miró al espejo. Todavía estaba colorada. Se arregló el pelo y trató de ordenar sus pensamientos.

¿Mark le había dicho que ella le gustaba porque se había equivocado de palabras? ¿O se había equivocado de palabras justamente porque ella le gustaba?

Era muy probable que en verdad se hubiera equivocado, porque estaba aprendiendo el español y lo hablaba mal. Pero también era cierto que, a veces, uno confunde las palabras y se le escapan cosas que siente y que no se atreve a decir.

Ana recordó los ojos azules de Mark, el tono de su voz, la manera en que la había tomado de la mano, y volvió a ponerse colorada… Todo eso había sido muy romántico. Aquel chico no se parecía en nada al resto de sus compañeros del colegio. Y menos a Lucas, que se había portado tan mal con ella. Es más: Mark era exactamente lo contrario a Lucas. Era atento, sensible, educado. Todo un caballero.

Ana se dio cuenta de que se estaba perdiendo en fantasías de película y trató de volver a la realidad. Se enojó consigo misma. ¿Qué estaba haciendo? Ella no debía pensar en Mark ni un minuto, porque a Martina le había gustado primero, y Martina era su mejor amiga, y habían decidido armar un plan para que ella lo conquistara. Así que tenía que olvidarse de lo que había pasado y tratar de ayudar a su amiga. ¿Pero si Mark no se había confundido y de verdad ella le gustaba? Ella no tenía la culpa… ¡Pero Martina la iba a odiar!

Ana estaba molesta, confundida, y no quería volver a la mesa. Deseó que el baño se convirtiera en un cohete y viajar a la luna. Pero no tenía escapatoria, tenía que volver o vendrían a buscarla.

Vació el sacapuntas en un botecito junto al inodoro y se mojó la cara para refrescarse, pero no pudo secarse, porque no había toalla. Ni toalla, ni jabón, ni cepillo de dientes… Sin duda era un baño que la familia Slak no usaba.

Volvió a la sala con la cara húmeda. Martina, Miligrana y Mark estaban haciendo la tarea de biología y de matemáticas. Sobre la mesa había una jarra de agua, vasos, un plato con bastoncitos de zanahoria y otro con apio.

—¿Qué pasó que tardaste tanto? —le preguntó Martina—. ¿Te sientes bien?

—Sí… Es que justo me llamó mi mamá…

Ana se sentó junto a ellos y abrió su carpeta, pero no podía concentrarse, así que se dedicó a copiar los ejercicios que los chicos iban resolviendo. Tal vez estaba exagerando y Mark solo se había confundido de palabras. Era lo más probable. Pero de pronto había descubierto que aquel chico tenía algo muy atractivo, y quería a toda costa evitar cualquier fantasía con él. Estaba decidida a que no le gustara.

Martina, mientras tanto, hacía todo tipo de bromas y

trataba de animar a Mark para que hablara más y les contara algo de su vida. Pero él no le hacía caso, y se limitaba a indicarles cómo resolver la tarea.

Al terminar, Mark los acompañó hasta la puerta. Cuando estaban saliendo, el chico tomó a Ana de un brazo.

—Recuerda nuestro secreto —le dijo al oído—. No lo digas con nadie.

La dulce voz de Mark le hizo cosquillas. Ana se sonrojó una vez más y tuvo ganas de salir corriendo. Por suerte los demás estaban de espaldas.

—Te lo prometo —balbuceó, atragantada.

Miligrana se fue a la panadería y las chicas siguieron caminando juntas.

—¡Qué buena idea tuviste de venir! —dijo Martina—. Ahora por lo menos ya sé dónde vive. ¡La próxima vez lo puedo invitar a hacer la tarea en mi casa!

—Cierto —dijo Ana, que no podía dejar de oír la voz de Mark en el oído.

Al mismo tiempo se preguntaba a qué secreto se había referido él. ¿Hablaba de los dibujos del colegio, o de su confusa declaración de amor?

—¡Qué rápido resuelve las cuentas! —seguía Martina—. Es un genio. Y cómo nos explicó los problemas que no nos salían…

—Cuando no te sale algo yo también te explico —dijo Ana.

—Sí, pero él lo explica tan bien… —suspiró Martina—. Y… ¡qué romántico! Cuando se me rompió la punta del lápiz… ¡lo agarró y le sacó punta!

—¿Es una broma? ¿Qué tiene eso de romántico?

—¿Cómo que qué tiene? ¡Obviamente es una señal de que le gusto!

Ana pensó que Martina, en sus ganas de gustarle a Mark, tomaba cualquier gesto del chico como una señal de interés.

—¿Qué te pasa? —preguntó Martina—. Te cuento algo re bueno y parece que no te importa.

—No… sí… me importa —dijo Ana—. Pero pensaba… ¿estás segura de que Mark te conviene…?

—¿Qué? ¿Por qué? —se sorprendió Martina.

—Qué sé yo… parece que lo único que hace es estudiar y comer ensaladas… ¿No es medio aburrido eso?

—No. Voy a aprender un montón de cosas. Y a mí las ensaladas me encantan.

Ana miró a su amiga.

—Está bien —aceptó Martina—, no me gustan las ensaladas, pero me voy a acostumbrar. Y es sano comer verduras. No sé, Ana, estás re mala onda. ¿No quedamos en que me ibas a ayudar a conquistarlo?

Ana se dio cuenta de que Martina tenía razón. Sin querer estaba intentando convencerla de dejar de pensar en Mark. Pero no tenía claro si lo hacía para cuidarla de una decepción o porque Mark le interesaba a ella…

—Perdón. Tienes razón. Es que cuando estaba en el baño me peleé con mi mamá por teléfono y eso me puso de mal humor —inventó para disimular.

—Uf, las mamás. Cuando sea novia de Mark voy a tener que cuidarme de la suya. Parece muy complicada.

"Cuando sea novia de Mark". Ana sintió que se le anudaba el pecho, pero se esforzó por sonreír, pensando lo feliz que sería su amiga.

Capítulo 8

Al día siguiente, apenas entraron al salón, la maestra les recordó que debían armar los grupos para las jornadas de ayuda al colegio.

—¿Ya decidieron qué quieren hacer?

Todos se pusieron a conversar al mismo tiempo. Mark, en cambio, levantó la mano y esperó que la maestra le diera su turno para hablar.

—Quiero proponer un actividad diferente —dijo el chico.

—¿Como cuál?

—Fabricar un antena cuádruple de recepción multipolar.

—¿Una qué…?

—Lo explico.

Mark pasó al frente cargando una gran caja. La apoyó en el escritorio de la maestra y sacó una maqueta.

Con cartón, unicel, alambre, madera y plástico había reconstruido la escuela en miniatura. Estaba todo: los salones, el patio, el auditorio, la biblioteca y la dirección. Dentro de cada salón, además, había fabricado las mesas, las sillas y hasta había hecho muñequitos de alumnos.

—Para eso eran los planos… —murmuró Ana.

—¿Qué planos? —preguntó Martina.

—Después te cuento.

—¿Todo eso lo hiciste sin ayuda? —preguntó la señorita Lidia, asombrada.

—Sí.

—Eres muy habilidoso.

—Es para mostrar cómo funciona lo que quiero construir —dijo Mark—. Estos alambres de aquí en la azotea son los antenas de recepción multipolar. Si ponemos cuatro, todo la escuela podrá tener gratuito Internet satelital.

—¿Gratis? ¿Y sabes colocarlas? —preguntó la maestra.

—Es fácil. En la escuela de mi país lo hice. ¿Puedo hacerlo para el jornada de ayuda?

—No sé… se ve bastante complicado.

—¡Deje que lo haga! —gritó Martina—. Puede servir para las clases.

—Y para descargar libros para la biblioteca —agregó Ana—. Y documentales.

—¡Que lo haga! ¡Que lo haga! —coreó el resto de los chicos.

—Mark, ¿estás seguro de que eso funciona? ¿No estarás copiando algo que viste en la tele o algo así…?

—Estoy seguro. Yo no miento.

La señorita no se veía muy convencida.

—No digo que mientas, pero se ve muy… científico. Claro que yo no entiendo nada de eso…

—¡Que lo haga! ¡Que lo haga! —volvieron a corear los chicos.

—Está bien, está bien —aceptó la señorita—. Vamos

a consultarlo con la directora. Ven conmigo, Mark, así le explicas la idea a ella.

El chico tomó su maqueta y salió con Lidia hacia la dirección.

—Sería divertido usar Internet para las clases —les dijo Miligrana a las chicas.

—¡Sí, así pides pizza en los recreos! —se burló la Chiclona.

—No te metas donde no te llaman —intervino Martina.

—¡Ay! ¡Miren cómo defiende a su novio! —la señaló la Chiclona.

—¡No es mi novio! Y si lo fuera sería mi problema, no el tuyo.

—¡Más que problema, sería un problemón! —se rio la Chiclona, imitando con sus brazos la panza de Miligrana mientras daba pasos de hipopótamo.

Un rato más tarde volvieron Mark y la señorita Lidia. La directora, impresionada por la seriedad de Mark y sus explicaciones técnicas, había aprobado el proyecto.

—Ahora tienen que armar un equipo de trabajo —dijo la señorita—. ¿Quién quiere participar con Mark?

Casi todo el grupo levantó la mano, incluida la Chiclona. Ella y Martina hacían fuerza para ver quién estiraba más alto el brazo.

—¡Cuántos candidatos! —dijo la señorita—. A ver, Mark, elige a tres compañeros para que te ayuden.

—No necesito ayuda —dijo él.

—Todas las tareas se hacen en grupos de cuatro —dijo la señorita.

Mark alzó los hombros, resignado, y miró a sus compañeros. Se detuvo en Ana y la señaló. Ana se puso muy nerviosa. Que la hubiera elegido primero ¿no confirmaba sus sospechas de que ella le gustaba a Mark?

—Yo no puedo —dijo enseguida—. Prefiero arreglar el telón del auditorio.

—¿Qué? —la interrumpió Martina—. ¡Si dijiste que podíamos bajar libros para la biblioteca!

—¿Qué tiene que ver…?

—¡Déjala en paz, Martina! —gritó la Chiclona, que seguía con el brazo estirado—. Si no quiere, no quiere.

—¡Ana se confundió, señorita! —la interrumpió Martina, dirigiéndose a Lidia—. No le haga caso, ella quiere estar en el grupo de Mark. Y yo también.

—¿Te parece bien? —le preguntó la señorita a Mark.

Mark alzó los hombros otra vez y aprobó con la cabeza.

—Bueno. Ana y Martina van al grupo. ¿Quién más? —preguntó la señorita—. Falta uno.

—Miligrana —se adelantó Martina.

—Listo, entonces —aprobó la señorita—. Ahora armemos los otros grupos.

La Chiclona estiró su chicle, se lo enroscó en un dedo y miró a Martina con furia.

Cuando salieron del colegio, Martina estaba emocionada.

—Todo va perfecto, Ana. ¿Te das cuenta? Mark nos eligió a nosotras. A la Chiclona ni la miró… ¡Voy a pasar un montón de tiempo con él! El plan de conquista marcha solo.

—Sí… —dijo Ana, no muy convencida.

Sus sentimientos seguían siendo muy confusos.

De pronto vieron a dos chicas que cruzaban la calle hacia ellas.

—¡Martina! —saludaron.

Ambas eran muy parecidas entre sí, casi como si una fuera el reflejo de la otra. Las dos tenían puesto un pantalón de mezclilla ajustado y una camiseta rosa. Una de las camisetas decía "REI" y la otra "NAS". Cuando caminaban juntas se formaba la palabra "REINAS".

—¡Hola! —las saludó Martina, y se las presentó a Ana—. Ellas son Yamila y Ludmila, mis hermanastras.

—¡Hola! —saludaron las chicas a dúo—. Vinimos a comprar ropa por aquí y nos acordamos que salías de la escuela.

—¿Y tu novio? —preguntó Ludmila, ansiosa.

—Allá —dijo, y señaló a Mark, que se alejaba con la mochila al hombro y la caja de la maqueta.

—¡Ay, es re lindo! —exclamó Yamila—. ¡Dile que venga, así lo conocemos!

—No… —dijo Martina, simulando un gesto de cansancio—. Hoy estuvo todo el día conmigo y se puso medio pesado… La próxima se los presento. ¿No quieren venir un rato a casa?

—¡Claro!

Ana se despidió de las tres y volvió a su casa caminando despacio, llena de dudas.

Capítulo 9

Al otro día, después del almuerzo, Ana y Martina se encontraron camino a la escuela para empezar a fabricar las antenas.

La noche anterior, Ana había pensado mucho y se había convencido de que Mark no le interesaba ni le importaba. Se proponía hacer todo lo posible para ayudar a su amiga a conquistarlo. Ocuparse de eso, pensó, le serviría para olvidarse de lo que había ocurrido con Lucas, y además podía ser divertido.

Cuando llegaron al colegio, encontraron a sus compañeros divididos en grupos y en diferentes tareas. Cinco chicos, supervisados por la profesora de dibujo, pintaban un mural de colores en el frente del edificio.

—¡Martina! ¡Ana! ¡Estamos acá! —les gritó Miligrana desde el techo.

Entraron a la escuela y subieron a la terraza por la escalera del fondo. Era un día soleado y arriba corría un viento fresco. Miligrana y Mark estaban con una caja de herramientas, dos bolsas llenas de chatarra y artefactos viejos. Había antenas de televisores, budineras abolladas, cucharas, cables, plaquetas de computadoras rotas, radios viejas y varias cosas más.

—Fuimos a un lugar que vendía antigüedades y compramos todo esto. ¡Nos costó menos que un kilo de helado! —señaló Miligrana, entusiasmado.

—Me imagino —dijo Ana—. ¿Pero sirve para algo?

—Con cosas viejos se puede fabricar cosas nuevos —dijo Mark—. Solo hay que saber armar.

Después les explicó los pasos a seguir. Lo primero era abrir con cuidado los artefactos antiguos y separar algunos componentes. Le indicó a cada chico una tarea, y se pusieron a trabajar.

Miligrana se sentó a desarmar una computadora vieja con pinzas y desatornilladores, mientras Ana y Martina pelaban cables con mucho cuidado.

Mark supervisaba el trabajo de los chicos, como si fuese un ingeniero dirigiendo la construcción de una central eléctrica. De vez en cuando, la señorita Lidia subía a la terraza para ver cómo iba todo.

Una hora más tarde, la primera parte del trabajo estaba terminada. Entonces se escuchó un ruido extraño: ¡BROOP! Todos miraron los artefactos, temiendo que alguno hubiera explotado. Pero no, era el estómago de Miligrana.

—Tengo hambre. ¿Tomamos el lunch? —suplicó.

Al resto le pareció buena idea. Cada uno sacó su comida. Mark solo tomaba agua y miraba el cielo.

—¿Quieres un poco de mi sándwich de milanesa? —le ofreció Miligrana a Martina—. Está muy rico.

—No, gracias. No como carne —le dijo Martina, y se sentó al lado de Mark—. Qué lindas nubes ¿no, Mark? Algún día podemos ir un rato al río. Desde ahí se ve un cielo increíble. ¿Qué te parece?

Mark no contestó, porque en ese momento apareció en la terraza la Chiclona.

—¡Hola, Marki! —lo saludó, ignorando al resto.

Su manera de mostrarse cariñosa con alguien era agregándole una "i" al final del nombre.

—¿Todo bien acá arriba?

—Sí —respondió Mark.

—Si me hubieras elegido a mí en el grupo te iría mejor. Pero no te preocupes, yo sé que querías elegirme y se te adelantaron —dijo, señalando a Martina con la cabeza.

—Sí, está re preocupado… —dijo Martina mirándola con odio.

La Chiclona fingió no escuchar el comentario y dijo:

—Marki, esta noche hago una fiesta en casa. Aquí te anoté la dire. ¡No puedes faltar, eh! Mis papás contrataron un disc-jockey y todo. Van a venir unos amigos del club y del colegio.

La Chiclona le dio a Mark un papelito.

—No… no puedo ir —dijo él—. Tengo trabajo en esto.

—Ja ja, ¿qué trabajo? De noche no se trabaja, Marki.

—Tengo cosos para hacer en mi casa…

—¡Entonces te voy a ir a buscar!

—¡No! —dijo él, preocupado—. Mejor no.

—Te juro que voy. Y si no contestas, te pego un chicle en el timbre hasta que me abras. ¿Qué te parece?

—Pero mi mamá se va a poner muy nerviosa…

—Deja de molestarlo —intervino Martina—. ¿No ves que no quiere ir?

—¿Quién te está hablando? Claro que quiere ir. Lo que

pasa que es tímido. ¿No, Marki? Te espero a las ocho en punto. Si no, no te olvides: te voy a buscar. ¡Chauchis!

La Chiclona hizo un globo, lo explotó, dio media vuelta y se fue sacudiendo su larga trenza rubia.

—No le hagas caso, Mark —dijo Martina—. Son re aburridas esas fiestas.

Pero se notaba que él se había quedado preocupado. Se puso de pie, guardó en un bolsillo el papelito de la Chiclona y dijo:

—Vamos a continuar con los antenas.

—¿Qué vamos a hacer con la fiesta?

Ya había terminado la primera jornada de tareas comunes. Ana y Martina caminaban juntas de vuelta del colegio.

—¿Cómo que qué vamos a hacer? —preguntó Ana.

—No podemos dejar que Mark vaya.

—¿No lo escuchaste? No va a ir.

—¿Y si va? Ya sabes cómo es la Chiclona. En la fiesta del año pasado dijo que le gustaba un chico, fue, lo sacó a bailar y le dio un beso.

—Pero Mark no es ningún tonto, Martina. No creo que le guste la Chiclona.

—¡Eso no importa! Si ella lo besa, él se puede enamorar.

—No sé… —dudó Ana, pero sabía que su amiga tenía razón.

Había visto muchas películas donde un tonto se enamoraba de una chica inteligente, o al revés, como en *La matemática del amor*.

—Yo sí sé: vamos a ir a esa fiesta —dictaminó Martina.

—¡Pero a nosotras no nos invitó!

—¿Y a mí qué me importa? Vamos y nos colamos. Yo sé dónde vive.

—Ni loca —dijo Ana.

—¿Eres mi amiga o no, Ana? ¡Dijiste que había que improvisar!

—No nos van a dejar entrar y vamos quedar en ridículo, Martina.

—Ridículo sería no hacer nada mientras Mark se enamora de otra.

Ana recordó que se había prometido esforzarse por ayudar a su amiga. Tomó valor y le dijo:

—Está bien, te acompaño. Pero un rato, nomás.

—¡Bien! ¡Vamos a mi casa así me ayudas a elegir la ropa!

Capítulo 10

La casa tenía dos pisos, ventanas polarizadas y un amplio jardín delantero, bien iluminado y con el césped cortado al ras. Gruesas rejas negras se alzaban en el frente, y sobre el portón de entrada había una cámara de seguridad.

—¿Estás segura que es aquí? —preguntó Ana, un poco intimidada.

—Sí —dijo Martina, tocando el timbre.

Ana llevaba un vestido azul con pequeñas flores estampadas. Martina se pintó las uñas de negro y se puso un pantalón negro haciendo juego. Las zapatillas y la camiseta eran rojas, y combinaban con sus anteojos.

La madre de Martina las había llevado hasta allí, y esperaba dentro del auto que les abrieran la puerta.

—¿Sí? —preguntó una voz por el portero eléctrico.

—Venimos a la fiesta de la Chiclo… de Vanina —respondió Martina.

—Adelante.

Se oyó un zumbido y el portón se abrió solo.

—¡A las once las vengo a buscar! —se despidió la mamá de Martina, y arrancó.

Las chicas subieron los escalones que llevaban a la casa. Una mujer con un delantal rosa les abrió la puerta y las llevó por un largo pasillo hasta la sala, donde estaban los demás. Era un gran salón alfombrado, con un ventanal que daba al jardín trasero. Había dos sillones donde algunos chicos conversaban, y una mesa con mantel llena de bebidas y comida. Del techo habían colgado globos de colores y una bola de espejos. Un muchacho en una mesita con una computadora elegía la música.

—¡Te lo dije! —exclamó Martina cuando vio a Mark parado contra una pared, en silencio.

—¡Hola! —lo saludaron, acercándose—. Al final viniste.

—Sí. No quería que ella fuera a mi casa —dijo Mark, señalando a la Chiclona, que estaba en el jardín con otros chicos, y aún no había visto a Ana y a Martina.

Ana notó que Mark usaba siempre la misma ropa, desde que lo conocían. O no se cambiaba nunca, pensó, o tenía un montón de ropa igual.

—¿No tienes hambre? —le preguntó Martina—. Me parece que hay un montón de cosas para comer. ¿Te traigo algo?

—Sí, tengo hambre, pero yo no como esos cosas.

Ana se alejó unos pasos para dejarlos conversar a solas, y se paró delante de un mueble con adornos y portarretratos. Eran fotos de la Chiclona y sus papás en playas del Caribe y en la nieve. En todas sonreían de manera tan blanca y perfecta que parecían actores de una publicidad de pasta dental. Sobre los estantes superiores había fotos del padre con un chaleco verde. En algunas apuntaba con una escopeta y en otras posaba con orgullo junto a ciervos muertos, liebres y otros animales que habían sido víctimas de su puntería. El retrato más grande lo mostraba alzando un trofeo que brillaba tanto como su calva.

—¡¿Qué hacen aquí?!

Ana se dio vuelta. Era la Chiclona.

—¡Salgan de mi casa ahora mismo! —gritó.

Martina no se movió. Ana tampoco.

—Nos… nos invitó Mark —inventó Martina—. Para no sentirse solo.

La Chiclona miró a Mark, pero él no dijo nada.

—¡Estás mintiendo! —gritó la Chiclona—. ¡Váyanse!

En ese momento apareció el padre de la Chiclona.

—¿Qué pasa, hija? ¿Por qué tanto grito?

—¡A ellas dos no las invité! —dijo la Chiclona—. Quiero que se vayan.

El hombre estudió a las chicas como si fueran dos insectos y agarró con fuerza a cada una de un brazo, dispuesto a sacarlas de la casa.

—¡Ay! —dijo Ana, tratando de soltarse—. ¡No hace falta que nos lastime!

—¿Qué haces, Osvaldo? ¿Qué pasa?

Era la madre de la Chiclona.

—Estas chicas se colaron en la fiesta —dijo el hombre.

La mujer miró a Ana y a Martina y dijo:

—¿Pero no son compañeras de Vanina? Yo las vi un montón de veces en la escuela. Suéltalas, por favor. No seas bruto.

—Entraron sin permiso —insistió él.

—¡Sí! ¡Son mis compañeras, pero no son mis amigas! —dijo la Chiclona.

—¡No sean maleducados! —respondió la mujer haciendo que su marido soltara a las chicas—. No le hacen mal a nadie. Vanina, tienes que aprender a ser más buena. Y tú, Osvaldo, a darle un mejor ejemplo a tu hija.

—¡Pero yo no…! —protestó la Chiclona.

—¡Basta, te dije! —la interrumpió su mamá—. No arruines la fiesta. A divertirse y a dejar de pelear. Y tú, Osvaldo, a ver, fíjate qué pasa que no funciona el televisor.

La Chiclona dio media vuelta, ofendida, y volvió a salir al jardín. Su padre obedeció a la mujer y subió las escaleras, calladito.

—No se preocupen —le dijo la mujer a las chicas—. Mi hija a veces es muy peleonera, no le hagan caso. ¿Por qué no se sirven algo de comer?

—¡Gracias, señora! —dijo Martina—. Lo que pasa es que yo soy vegetariana… ¿No habrá una ensalada, o algo así?

Ana se moría de vergüenza, pero a la vez admiraba que su amiga fuera tan caradura.

—¿Ensalada…? Mira: ve por ahí, que está la cocina, y pídele a la mucama que te prepare algo.

—¡Buenísimo!

La madre de la Chiclona se fue. Martina agarró a Ana de la mano y le dijo a Mark:

—¡Ahora venimos!

Se alejaron por el pasillo hacia la cocina.

—¿De verdad quieres comer ensalada? —preguntó Ana.

—¡Es para Mark! Así se va a dar cuenta de quién piensa de verdad en él.

La cocina era enorme, blanca e impecable. De una pared colgaban los utensilios más diversos. Ana imaginó que a su madre le encantaría.

La misma mujer de delantal rosa que les había abierto la puerta les preguntó qué necesitaban.

—Algo verde, para una ensalada —dijo Martina.

—¿Escarola? —preguntó la mujer.

—No, soy Martina.

—La escarola es una verdura… —le explicó Ana a su amiga.

—¡Ah! Bueno, escarola. ¿Es rica?

—Sí —dijo la mujer—. Hay arúgula también.

—Perfecto, escarola y arúgula.

La mujer abrió el refrigerador y sacó dos recipientes de plástico.

—¿La va a condimentar usted? —le preguntó a Martina, alcanzándole también una pequeña ensaladera—. Las verduras ya están lavadas. Allí tiene los condimentos.

—Muchas gracias…

Martina jamás comía ensaladas y no tenía idea de cómo condimentar una para que quedara rica, así que le pidió a Ana que lo hiciera.

—Bueno —dijo Ana—. Es dificilísimo: sal, aceite y vinagre.

—¿Puede ser vinagre, aceite y sal?

—Mejor echar la sal antes, porque si no resbala sobre el aceite y se adhiere menos a la verdura.

—Eres muy sabia, amiga.

—¡Uf, sí! —rio Ana.

Cuando volvieron a la sala, la música estaba más fuerte y habían encendido luces de colores. Algunos chicos bailaban. La bola de espejos giraba en el techo y sus brillos se reflejaban en las paredes. Entonces vieron a Mark. La Chiclona estaba frente a él. Le había tomado una mano y trataba de sacarlo a bailar.

Martina fue directamente hacia ellos y le extendió a Mark el recipiente con la ensalada y un tenedor.

—¿Qué haces? —la increpó la Chiclona.

—Toma, Mark —dijo Martina—. Te traje comida.

—¿Es por mí? ¡Gracias! —se alegró Mark—. Estaba muriendo de hambre.

Soltó la mano de la Chiclona, tomó un tenedor, pinchó unas hojas y se las llevó a la boca.

—Deliciosa —dijo.

Martina le dedicó una sonrisa triunfal a la Chiclona. Pero de pronto la cara de Mark se transformó. Abrió grandes los ojos, tosió y una espuma verde comenzó a salirle por la nariz.

—Mark… ¿te encuentras bien? ¿Qué te pasa?

—¿Esto tiene sal? —preguntó él.

—Sí —dijo Martina, asustada—. Pero poquita…

—¡Puaj!

Mark escupió lo que le quedaba de ensalada, se tapó la nariz y salió corriendo.

—¡Mark! —le gritaron.

Pero él abrió la puerta de la casa y se perdió en la noche.

Capítulo 11

En su cuarto, Martina se sonaba fuerte la nariz. El ruido era gracioso, pero a Ana le daba tristeza ver llorar a su amiga. Ya había llenado un cesto con pañuelitos usados. Bernardo, el sapo, miraba a las chicas desde la cama. Él también parecía apenado por Martina, a juzgar por el poco interés que le despertaba una mosca que zumbaba en la ventana.

—Tranquila, Marti —trataba de consolarla Ana—. No es tu culpa. No podías saber que la sal le hacía mal.

—¡No importa eso! ¡Mark nunca va a salir conmigo! ¡Nunca! —sollozaba Martina.

—No digas eso. No puedes saber qué va a pasar.

—¡Sí lo sé! ¡Mark se va a enamorar de la Chiclona!

—Nada que ver, no es así.

—¡Sí es así! Él es inteligente, hermoso y sabe hacer un montón de cosas. ¿Y yo qué soy? ¡Ni siquiera sé besar!

—¿Qué importa que no sepas besar?

—¡Sí importa! ¡A ti no porque ya te besaste con Lucas!

Ana bajó la vista al suelo.

—En realidad… no

—¿No, qué?

—Nunca me di un beso con Lucas.

61

Martina dejó de moquear y la miró con asombro.

—¿Y qué pasó? ¿Por eso no me querías contar?

—Un día estábamos en mi cuarto escuchando música y Lucas trató de besarme, pero yo le dije que no.

—¿Por qué? ¿Tenía mal aliento?

—No. Es que yo… fue muy de repente. Estábamos charlando y de pronto él me quiso dar un beso en la boca.

—¿Y qué hiciste?

—Nada, me asusté y moví la cara. No me lo esperaba…

—¿Y él?

—Se quedó tieso y no dijo nada. Bah… Yo tampoco dije nada. Fue re incómodo. Estuvimos callados un rato y después se fue. Yo me quedé re mal.

—Y sí, cómo te vas a quedar… —dijo Martina, compenetrada con el relato—. ¡Los varones no entienden nada! ¿Y después lo llamaste o algo?

Ana se sentía aliviada. Por fin se animaba a contarle a alguien lo que había pasado. ¿Cuántas veces, a solas, había pensado en eso, imaginando la misma escena con Lucas, pero con distintos finales y otros diálogos?

—No, no lo llamé —dijo Ana—. Pero me di cuenta de una cosa.

—De que ya no te gustaba.

—No, no. Me di cuenta de que yo también quería besarlo a él, pero no así, de golpe, ¿entiendes? Yo quería que mi primer beso fuera especial.

—Obvio.

Las chicas se quedaron en silencio. Bernardo aprovechó para desenrollar la lengua y comerse a la mosca.

—No entiendo por qué no me contaste antes. No era tan grave… —dijo Martina.

—Es que la cosa siguió, porque le mandé un mensajito y le puse que quería verlo al día siguiente en la plaza, para darle un regalo.

—¿Qué le ibas a regalar?

—¡Un beso! Así que la tarde siguiente me puse el vestido nuevo que te mostré, ese que me regalaron para Navidad, y fui a encontrarme con él.

—¿Y…?

—Lucas no fue. Mandó a Rodrigo en su lugar.

—¿Cómo? ¿A su mejor amigo? ¿Para qué?

—Para cortar conmigo —dijo Ana.

Ahora era ella la que tenía lágrimas en los ojos.

—¡Qué cobarde! —dijo Martina—. No lo puedo creer.

—Rodrigo me dijo que Lucas no podía ir y que no quería salir más conmigo. Y cuando le pregunté por qué, me dijo que Lucas había dicho que yo era una… anticuada…

Ana se puso a llorar.

—¿Anticuada? —preguntó Martina, alcanzándole un pañuelito.

—Sí, esa palabra usó.

Martina abrazó a Ana.

—No llores. No sé qué quiere decir anticuada, pero seguro que no eres eso.

—Quiere decir antigua, como pasada de moda, vieja…

—¡Pero tú no eres así! Que te gusten las películas viejas no tiene nada que ver. Lo que te gusta no dice lo que eres.

—¿No? —dudó Ana.

—¡Obvio que no! Además Lucas es un miedoso. Si quería terminar contigo te lo tendría que haber dicho en la cara y no mandar a Rodrigo. Si tú eres anticuada, ¿él qué es?

Ana asintió.

—¡Mejor que no lo besaste! —dijo Martina—. Prefiero besar a Bernardo antes que a ese tonto.

Martina quiso atrapar a Bernardo pero el sapo pegó un salto y salió del cuarto, justo cuando entraba la mamá de Martina.

—¿Y? ¿Ya conversaron todo lo que necesitaban? —preguntó—. Vamos que es tarde, Ana. Te llevo a tu casa.

Las chicas se despidieron con un abrazo.

—Gracias, amiga —le dijo Ana a Martina—. Me siento mucho mejor. ¡Hasta mañana!

Capítulo 12

Ana se despertó de muy buen humor. Mientras desayunaba, se acordó de la charla con Martina. Le había hecho bien contarle lo de Lucas. Se alegraba de tener una amiga así, tan diferente a ella en tantas cosas y a la vez tan genial.

Seguía pensando en eso camino al colegio cuando vio a Mark en la banqueta, parado ante el jardín de una casa. Llevaba algodones en la nariz, y acababa de cortar una rosa del jardín. A pesar de los algodones, estaba oliendo la flor.

—¡Mark! —saludó Ana, acercándose.

El chico se sobresaltó.

—Oh… hola…

—¿Te asusté? Perdón. No te preocupes, no le voy a decir a la vecina que le robaste la rosa —bromeó Ana.

—No, no —dijo Mark, incómodo—. Yo robar, no…

—¿Ya estás bien? ¿Qué te pasó? —preguntó Ana—. Nos quedamos preocupadas cuando te fuiste de la fiesta. Martina no sabía que la sal te hacía mal.

—Ahora sabe —dijo Mark.

—Sí, ya se conocen mejor —sonrió Ana—. Bueno… ¿Y qué vas a hacer con esa rosa? ¿Algún experimento? —preguntó Ana—. La olías tan fuerte que parecía que te la ibas a comer…

—¿Comer? Eh… No… ¡Cómo lo voy a comer!

Mark se ponía cada vez más nervioso.

—Tranquilo, era un chiste... ¿Se la vas a regalar a alguien? A Martina le encantan las rosas.

—Sí... regalársela a alguien. ¡A ti! Es para ti.

—¿Para mí?

—Sí, sí, toma.

Mark le entregó la rosa como si le quemara las manos. Ana se quedó mirándola sin saber qué decir. De pronto al chico se le desprendió un algodón y otra vez empezó a chorrearle una extraña y desagradable espuma verde. Se tapó la cara y se alejó a toda velocidad.

Ana se quedó con la rosa, confundida. ¿Por qué se la había regalado? ¿Se le estaba declarando? ¿De verdad ella le gustaba? Enseguida pensó en Martina. ¿Tenía que contárselo?

No tuvo tiempo para respuestas. Al levantar la vista vio a su amiga parada enfrente, con los ojos húmedos, aferrada a la mochila como si fuese a lanzarse con paracaídas desde un avión.

—¡Te odio! —le gritó Martina furiosa, y salió corriendo.

Ana corrió tras ella.

—¡Espera, Martina! ¡Déjame que te cuente qué pasó!

Martina corría más y más rápido. A las dos cuadras, Ana tuvo que detenerse a tomar aire. No sabía que su amiga podía ser tan veloz. Angustiada, miró la rosa que aún tenía en la mano y la tiró en un bote de basura. Le resultó triste que la primera flor que le regalaban terminara de esa manera pero, en ese momento, la odiaba con todo su corazón.

Cuando entró al colegio, vio a Martina que se sonaba la nariz con un pañuelo de Miligrana.

—Martina, escúchame, por favor —le dijo Ana.

Su amiga, sin mirarla, le habló a Miligrana:

—Comunícale a esta chica que no pienso hablar con ella.

—¿Qué? ¿Se pelearon? —preguntó él, sorprendido—. ¿Por eso estás llorando?

—Díselo. ¡Y no estoy llorando! —se enojó Martina.

—Está bien. Ana —empezó Miligrana—, Martina dice…

—¡Ya la escuché! —lo interrumpió Ana.

—Y comunícale —siguió Martina— que ya no es mi amiga…

—Pero Martina… —rogó Ana.

—Y que me devuelva mi foca —continuó Martina sin escucharla.

—¿La foca? —repitió Ana, dolida.

—Sí, dijo eso —confirmó Miligrana.

Ana pensó que lo mejor era hacerle caso. Así tal vez lograba que la escuchara. Sacó la foca de su mochila y se la extendió, pero ella cruzó los brazos y miró hacia otro lado.

—Toma —le dijo Ana a Miligrana—. Dásela a Martina y dile que me gustaría hablar con ella, porque se está imaginando cualquier cosa.

—Martina —repitió Miligrana entregándole la foca—, dice Ana…

—Deja —lo interrumpió Martina—. La foca es tuya. Te la regalo.

—¿En serio? ¡Gracias! —se alegró el chico.

—Prefiero no tener cosas que tocaron CIERTAS personas —dijo Martina y, dando media vuelta, entró al salón
al tiempo que sonaba el timbre de inicio de clases.

Ana se quedó pensando lo mucho que le iba a costar
volver a hablar con su amiga… o ex amiga. Por suerte
Mark había faltado, y eso ayudaba.

En el salón, Martina aprovechó que el lugar estaba
libre y se sentó con Miligrana. Él se puso más nervioso
que nunca. Era la primera vez que una chica se sentaba
al lado suyo.

Ana quedó sola en su mesa. En el recreo, Martina continuó ignorándola y se puso a jugar con otras chicas.

—¿Por qué se pelearon? —le preguntó Miligrana a
Ana mientras comía unos snacks.

—Nada… cosas nuestras… —le respondió Ana.

En realidad tenía muchas ganas de contarle lo que pasaba, pero ese era un problema entre Martina y ella, y
tenían que resolverlo solas. De pronto oyó que alguien
le gritaba:

—¡Ananticuada!

La Chiclona y sus amigas señalaban a Ana y se reían.
Ana se quedó helada. ¿De dónde habían sacado esa palabra…? Entró al salón, y enseguida tuvo la respuesta.
En el pizarrón, con letras enormes, decía: "ANAnticuada".
Y un dibujo de una niña lejanamente parecida a Ana (el
dibujo era muy malo) con vestido y peinado de vieja y
los labios rojos, en posición de dar un beso.

Por la letra y la forma de dibujar, Ana reconoció enseguida a la autora. Borró el pizarrón, furiosa, y buscó a

Martina por todos lados, pero no la encontró. Se quedó en el salón, y cuando el recreo terminó se paró para hablar con Martina, pero la maestra le pidió que se sentara y empezó a dar clase. No volvieron a hablar hasta el timbre de salida. Y una vez en la calle, Ana siguió a Martina, la agarró del brazo y la obligó a mirarla.

—¡¿Cómo me hiciste eso en el pizarrón?! —le preguntó, indignada.

—Lo siento, no sé quién eres, no te conozco —contestó Martina, tratando de seguir su camino.

—¡Basta, yo sí te conozco! —la detuvo Ana—. ¡No tienes derecho a escribir eso! ¡Era un secreto!

—¡No me digas! ¡Y tú no tienes derecho a quitarme a Mark! —respondió Martina, enojada.

—¡Yo no te lo quité! ¡Además a mí no me gusta!

—¿Ah, no? ¿Y por qué te regaló una rosa?

—¡No lo sé! A él deberías preguntarle. ¡Pero a mí no me interesa Mark!

—No te creo.

—¿Y qué tengo que hacer para que me creas?

—Que le digas en la cara que él no te gusta —la desafió Martina.

—Bueno, lo hago —aceptó Ana.

Se dieron la mano para cerrar el trato y fueron hacia la casa de Mark, caminando juntas pero sin dirigirse la palabra.

Capítulo 13

—Toca el timbre —le ordenó Martina a Ana cuando llegaron.

—Tócalo tú.

—No, yo no. Es la casa de tu novio.

—¡No es mi novio! ¡Ni siquiera me gusta, ya te lo dije! —se defendió Ana.

—Bueno, ahora se lo vas a decir.

—Si no me crees es problema tuyo. Así que esto lo hago por ti, ¿sabes? Por nuestra amistad —dijo Ana, y tocó el timbre.

Esperaron unos segundos pero no hubo respuesta. Entonces Martina apretó el timbre con fuerza, como si eso pudiera hacerlo sonar más.

—Bueno, ya está —la detuvo Ana—. No hay nadie.

—Yo no me voy hasta que no hables con Mark.

Martina se sentó en el piso, con la espalda contra la puerta. Ana resopló e imitó a Martina, pero se sentó sobre su mochila para no ensuciarse la ropa.

Estuvieron así un minuto, hasta que Martina abrió grandes los ojos.

—¿Escuchaste?

—¿Qué?

—¡Shh! ¿No oyes? Es el mismo ruido de radio que escuchamos el día que vinimos.

Ana pegó una oreja a la puerta. Escuchó un chirrido. Martina se levantó de un salto y rodeó la casa.

—¡Martina! ¿Qué haces?

Ana la siguió. Martina trepó por un muro bajo y saltó al otro lado, hacia un pasillo descubierto que llevaba al fondo de la casa.

—¡Martina!

Ana miró a la calle, temerosa de que alguien las viera. Al final se decidió y trepó ella también el murito. Cuando pasó al otro lado, vio a Martina parada frente a una ventana. Se acercó. Desde ahí se escuchaba mejor aquel zumbido.

—Debe estar escuchando música, por eso no nos oye —dijo Martina—. ¡Maaark!

No hubo respuesta.

—Y bueno, tendremos que esperar… —se resignó Ana.

—Yo no voy a esperar nada.

Martina intentó levantar una persiana.

—¡No! ¿Qué haces? —dijo Ana—. ¿Y si hay una alarma?

—No te preocupes que Mark no se va a enojar contigo —dijo Martina, con ironía y despecho.

La persiana finalmente subió, Martina empujó la ventana semiabierta y entró. Ana no podía creer lo que estaban haciendo.

—¡Vamos! —le ordenó Martina, extendiendo una mano para ayudarla.

—¡Está bien! Pero si la mamá de Mark se enoja, todo esto fue idea tuya.

Estaban en el pasillo principal de la casa. Al final se veía el comedor y la escalera que llevaba a la planta alta. El ruido provenía de allí. Las chicas avanzaron con precaución. Todo estaba en penumbras, iluminado apenas por el resplandor débil que se filtraba entre las persianas. Como el día de su visita, los muebles seguían cubiertos por sábanas blancas, similares a fantasmas quietos. Aunque habían entrado para ver a Mark, Ana no pudo evitar sentirse una ladrona.

Pasaron junto a la cocina y vieron restos de verduras en mal estado y costras de suciedad en los azulejos. El lugar despedía un fuerte tufo a podrido. Ana recordó que Mark les había preparado la merienda en esa cocina y sintió náuseas.

Cuando llegaron al comedor, subieron las escaleras hasta la planta alta. Allí se encontraron con tres puertas. El ruido, cada vez más fuerte, salía de la última habitación.

—Llama a la puerta —susurró Ana.

—Shhh… —la calló Martina, y se agachó para espiar por la cerradura.

Enseguida se apartó, se tapó la boca para no gritar y miró a Ana con ojos desorbitados, señalando la cerradura. Ana espió por allí y lo que vio le erizó la piel. En el centro del cuarto había un bicho gigante, una especie de babosa más alta que un basquetbolista. Su piel grisácea estaba cubierta por una secreción brillante. De la cabeza le salían dos antenas gelatinosas que se estiraban y se achicaban. En los extremos de las antenas tenía ojos. La boca de la criatura era espeluznante: se abría y se cerraba mostrando dos filas de pequeños colmillos, punzantes como alfileres.

Ana no pudo reprimir un grito. El monstruo giró las antenas hacia la puerta. Ana se apartó, aterrada, y no hizo falta decirle nada a Martina: ambas corrieron escaleras abajo. Oyeron que la puerta de la habitación se abría y, sin pensarlo dos veces, cuando llegaron al comedor se escondieron debajo de la mesa. La sábana que cubría el mueble llegaba casi hasta el piso y las ocultaba. Se quedaron ahí, mudas, con el corazón latiéndoles a mil kilómetros por hora. Ana apoyó la cara en el suelo y logró ver la parte inferior de la babosa arrastrándose escaleras abajo. A su paso dejaba una película brillante y gelatinosa.

Las chicas se abrazaron. A través de la sábana vieron la sombra gigante que se acercaba y se detenía junto a la mesa. Sus antenas retráctiles palparon la sábana. Las chicas se alejaron hacia el otro extremo, conteniendo la respiración. Pasaron unos segundos que les parecieron años, y al fin la babosa dejó tranquila la sábana y se alejó a través del pasillo por el que ellas habían entrado.

—¿Qué hacemos? —susurró Martina, temblando.

—¡No sé!

Ana se atrevió a asomar la cabeza. Vio que todas las ventanas estaban cerradas y las persianas bajas, pero la cerradura de la puerta de calle tenía la llave puesta.

—Cuando cuente tres, corremos —le dijo a Martina.

Volvió a asomarse. Salvo el rastro de baba verde en el suelo, no había señales del monstruo, que estaría buscándolas en otro cuarto.

—Uno, dos, tres… ¡Ahora!

Ana salió de abajo de la mesa, pero a Martina se le había enganchado el pelo en un clavo.

—¡Ayúdame! —pidió.

—¡No te muevas!

Ana trató de liberarla, pero los pelos estaban tan enroscados y las manos le temblaban tanto que no podía hacerlo; al contrario, la enredaba más.

—¡Apúrate! ¡No quiero ser la cena de una babosa! —rogó Martina, desesperada.

Ana agarró el mechón de pelo y dio un tirón.

—¡Ayyy! —gritó Martina.

Corrieron hacia la puerta. Ana giró la llave, abrió y escaparon a toda velocidad. Si hubieran estado en una carrera olímpica, seguramente habrían ganado la medalla de oro.

Capítulo 14

—¡Era enorme y tenía el cuerpo cubierto de baba!

—¡Y la boca llena de colmillos! —agregó Martina.

—Ana, te he dicho mil veces que no mires películas de terror —la retó su mamá, mientras revolvía una olla con puré y freía milanesas.

El restaurante de los papás de Ana estaba concurrido esa noche, y tenían que sacar varios platos a la vez.

—¡No es una película! ¡Vimos una babosa gigante de verdad!

—Ajá. ¿Y dónde la vieron? —preguntó su mamá, cansada de escucharlas.

—En la casa de Mark.

—Sí, entramos por la ventana porque no nos respondía y ahí la vimos —explicó Martina.

—¿Entraron a una casa por la ventana, sin pedir permiso? —se escandalizó la mujer.

El papá de Ana se asomó a la cocina y dijo:

—Amor, me están pidiendo las milanesas. Y necesito otra porción de papas fritas con huevo frito.

—Ya salen —respondió la mamá. Y luego, dirigiéndose a Ana—: Después nosotras vamos a hablar seriamente. Ahora o me ayudan o se van, porque tengo mucho trabajo.

Las chicas subieron al cuarto de Ana.

—Nadie nos va a creer —se lamentó Martina.

—Pero ¿qué era eso que vimos? ¿Mark tiene ese monstruo en su casa?

—¿Será una especie de mascota?

—Nunca escuché que nadie tenga una mascota así.

—Tal vez de donde viene él es normal. ¡O tal vez es el abuelo!

—¿Su abuelo? —preguntó Ana.

—Sí, capaz que le agarró una enfermedad y se convirtió en eso. Como en la historia que nos contó la señorita, de un hombre que se convierte en cucaracha.

—Eso pasa solamente en los cuentos.

—¿Entonces qué es ese bicho?

—Yo que sé. Además, actuaba raro… —dijo Ana—. Creo que si nos agarraba, nos comía.

Martina de pronto se puso pálida.

—¿Y si se comió a Mark y a la mamá…? —preguntó.

—No lo había pensado… Es horrible —dijo Ana—. Tendríamos que avisar a la policía.

—O volver a la casa…

—¿Estás loca? No. Me parece que lo mejor es esperar hasta mañana y hablar con Mark en la escuela.

—Siempre y cuando vaya… —dijo Martina—. ¡Mira si la babosa se comió a tu novio!

—¿Todavía con eso? —se enojó Ana—. A Mark me lo encontré en la banqueta y me dio esa rosa, no sé por qué. Creo que estaba nervioso y no sabía bien qué hacía. ¡Como para no estar nervioso con ese bicho en la casa! Capaz que la flor era para darle de comer a su bicho…

Pero si no me crees, no me interesa. Piensa lo que quieras.

—Está bien, te creo —dijo Martina—. Es que me puse celosa. No me importa si tú le gustas a Mark o no. Igual siempre seguirás siendo mi amiga.

—¿En serio? Qué bueno…

—Pero no te gusta, ¿no?

—¡Te dije que no, Martina!

—Está bien, está bien. Te creo. Perdón por haber dibujado eso en el pizarrón.

—Estuviste pésimo. Pero te perdono. Para que veas que no soy rencorosa.

—Y gracias por salvarme cuando me enganché con la mesa, aunque me quedé sin un mechón —dijo Martina masajeándose la cabeza.

—De nada —dijo Ana—. Si te come una babosa, ¿con quién me voy a pelear?

Capítulo 15

Ana se puso el camisón y se cepilló el pelo frente al espejo del ropero. Estaba exhausta. Necesitaba dormir. Corrió la colcha de la cama para acostarse y se encontró con una sorpresa: sobre las sábanas había un ramo de rosas rojas. Las flores tenían un perfume dulce y fuerte que llenaba la nariz. El moño que las unía llevaba prendida una pequeña tarjeta con forma de corazón. Ana la levantó. Estaba escrita con una letra extraña, y decía: "A la anticuada, con amor. De parte de Mark". Ana se sintió muy confundida. ¿Cómo se había enterado Mark de que la llamaban anticuada? ¿La Chiclona ya lo había contado en Facebook? Pero además, ¿Mark había entrado a su casa sin permiso, había estado en su cuarto y en su cama? Ana sintió el piso helado bajo los pies descalzos. Bajó la vista y vio que un líquido gelatinoso chorreaba desde abajo de la cama. Se agachó, pero no vio nada, solo oscuridad. Entonces sintió golpes en la ventana. ¡Afuera estaba Lucas! Gritaba y arañaba la ventana, pero Ana no podía escuchar lo que decía. Desesperado, le hacía señas para que mirara atrás. Ana giró y descubrió una babosa gigante erguida sobre su cola. Sus ojos retráctiles y gelatinosos la miraban fijamente mientras chorreaban hilos de baba. Ana atinó a gritar, pero la criatura no le dio tiempo a nada. Abrió la boca repleta de colmillos y se abalanzó sobre ella.

—¡AAAHH! —gritó Ana, y se revolvió en la cama.

Había tenido una pesadilla. Abrió los ojos y respiró hondo, tratando de calmarse. Por la ventana entraba la primera claridad del día. Entonces miró el despertador: eran las siete y media de la mañana. ¡Llegaba tarde al colegio!

Se apuró a vestirse y se cepilló los dientes a toda velocidad. Bajó las escaleras y se enojó con su mamá por no haberla despertado.

—¡Perdón, se me hizo tarde a mí también! —le dijo su madre, mientras servía café con leche, tostaba pan, ponía mermelada en platitos y horneaba cuernitos para servir el desayuno a los primeros clientes.

Ana se robó un cuernito, les dio un beso a su mamá y a su papá y salió corriendo.

En el camino recordó la pesadilla. Ese monstruo no era un invento de sus sueños; realmente existía y vivía en la casa de Mark. ¿O andaba suelto por la ciudad y se había metido en la casa sin que Mark lo supiera? La noche anterior, Ana había buscado en Internet qué clase de animal podría ser, pero no encontró ninguno parecido.

En el colegio, los chicos estaban en plena actividad. Era el segundo y penúltimo día de tareas comunitarias. El mural del frente ya estaba casi terminado: era un gran arcoíris rodeado por mariposas y flores. Adentro, un grupo numeroso pintaba los bancos y otro cosía el telón del auditorio mientras escuchaba música.

Ana subió a la terraza y encontró a Martina dando golpecitos a una budinera abollada. Mark desarmaba una antena de televisión y Miligrana lo ayudaba mientras comía un paquete de snacks.

Ana se alegró de ver a Mark. Era un alivio que aquel bicho, fuese lo que fuese, no se lo hubiera comido.

—Llegas tarde —dijo él, serio.

—Sí, me quedé dormida.

—Toma —Mark le dio un martillo—. Ayuda a Martina con el budinera. Hay que apurarse.

Ana se sentó junto a su amiga.

—¿Qué le pasa? —susurró.

—No sé. Está de pésimo humor. Llegó diciendo que tenemos que terminar lo de las antenas hoy, sí o sí.

—Todavía queda un día de ayuda al colegio.

—Sí, ya sé. Pero Miligrana se lo dijo y se re enojó. ¡Es tan lindo cuando se enoja!… —suspiró Martina.

—¿Se habrá dado cuenta de que entramos a su casa? —se alarmó Ana—. ¿Le preguntaste algo? ¿Dijo algo de la babosa?

—No…

—¿Cómo va eso trabajo? —las interrumpió Mark.

—Falta sacarle tres bollitos a esta budinera y terminamos —dijo Martina.

—Muy bien.

—Mark, una pregunta. ¿Tienes mascotas?

—No.

—¿Nada… ningún animalito? —insistió Martina.

Mark sacudió la cabeza y se alejó sin responder.

Al rato, siguiendo las indicaciones de Mark, ensamblaron las budineras en los mástiles de las viejas antenas de televisión. Luego unieron unos cables a ellas y entre todos las colocaron en los cuatro vértices del techo del colegio.

—¡Listo! —dijo Mark, sonriendo satisfecho.

—¿Con eso ya tenemos Internet? —preguntó Miligrana.

—Solo falta conectar estos cables al computadora de biblioteca —explicó Mark—. Vamos abajo.

En ese momento apareció la Chiclona.

—¡Marki! ¿Estás bien? ¿Cómo sigue la nariz?

—Bien —dijo él.

—¡Me preocupé tanto que no viniste ayer! No tendrías que haberte ido de casa. Mi mucama te hubiera curado.

—No. Sí —dijo Mark—. No importa.

—Si anteojitos no se hubiera metido donde no la invitan, no te habría pasado nada —dijo la Chiclona, señalando a Martina.

—No, solamente se hubiera muerto de aburrimiento —dijo Martina.

—¿Qué sabes de fiestas? —dijo la Chiclona—. Seguro que nunca has bailado con un chico.

—Obvio que sí —dijo Martina.

—¡Obvio que NO! —dijo la Chiclona.

—Bailó conmigo —quiso defenderla Miligrana.

—Yo hablaba de baile, no de espectáculos de circo —se rio la Chiclona.

—Bueno, ya está, Vanina —intervino Ana—. Ahora vete que tenemos que terminar nuestro trabajo.

—"Vete que tenemos que terminar nuestro trabajo" —repitió la Chiclona imitando a Ana con un tonito burlón.

Martina dio un paso al frente y trató de hacer a un lado a la Chiclona para que los dejara bajar a la biblioteca.

—¡No me toques! —gritó ella, y la empujó fuerte.

Martina tropezó y se agarró de una de las antenas para no caer al piso. La antena se quebró.

—¡No! ¿Qué haces? ¡Lo rompiste! —le gritó Mark, fuera de sí.

—Fue sin querer… —dijo ella—. Perdón.

—¿Te lastimaste? —le preguntó Miligrana.

—No, estoy bien.

—¡Ahora tenemos que hacer un antena nuevo! —dijo Mark.

—No fue a propósito, Mark —dijo Ana—. La culpa la tiene la Chiclona.

—¡Fue culpa de ella por tocarme! —se defendió la Chiclona.

Mark respiró hondo. Se notaba que hacía un gran esfuerzo para controlarse.

—Tenemos que armar otro enseguida. Hay que buscar materiales en casa, porque estas se rompió.

—Tranqui, yo te acompaño, Marki —dijo la Chiclona.

—¡Eh! ¡No! ¡Yo te acompaño! —se interpuso Martina.

—¡No! —exclamó Ana, que temía encontrarse con la babosa otra vez—. Martina… ¿te acuerdas que quedamos en almorzar con tus hermanastras?

—¿Qué? No quedamos en nada —respondió Martina.

—Sí quedamos.

—No, no quedamos.

—Escucha a la pecosa, anteojito —dijo la Chiclona.

—¡Basta! —gritó Mark—. ¡No peleen que rompen todo! ¡Vengan las tres!

Martina y la Chiclona se miraron con recelo. Ana pensó en negarse a ir, pero no podía dejar a su amiga sola.

—Tú ve a bibliotecaria para que conecte cables al computadora —le dijo Mark a Miligrana.

Mientras los chicos bajaban las escaleras, Martina le susurró a Ana:

—Gracias por acompañarme.

—Lo único que espero es que no esté el monstruo.

—No te preocupes. Si vamos con Mark seguro que no nos hace nada. ¡Y en una de esas hasta se come a la Chiclona…!

Capítulo 16

Las chicas nunca habían visto a Mark tan enojado. Caminaba delante de ellas con paso firme. Martina y la Chiclona trataban de atraer su atención.

—¿Sabías que mi papá tiene un taller lleno de herramientas? ¡Si lo ves vas a alucinar! —decía la Chiclona.

—Mi mamá se compró un desatornillador multiusos, te lo puedo prestar —decía Martina.

Pero Mark no pronunció ni una sola palabra en todo el camino. Y lo mismo hizo Ana, que en lo único que pensaba era en la horrible babosa.

Cuando llegaron a la casa, Mark las hizo pasar. El lugar seguía tan frío y desolado como siempre. Los muebles cubiertos por sábanas se empeñaban en parecerse a fantasmas y un tufillo a verduras podridas inundaba el ambiente. Al parecer, la babosa se había ido o estaba encerrada en alguna de las habitaciones.

—¡Qué hermosa casa! —sonrió falsamente la Chiclona.

—Nosotras ya la conocíamos —se jactó Martina—. ¿Y tu mamá? —le preguntó a Mark.

—Es trabajando —dijo él.

—¿En serio no tienes ninguna mascota? —preguntó Ana, con miedo.

—No, no tengo, ya lo dije —respondió Mark.

—Está bien —aceptó Martina—. Pero quiero que sepas una cosa, Mark. Si hay algo que te da vergüenza, por más extraño y… y… baboso que sea, puedes confiar en nosotras, porque somos tus amigas. Ana y sobre todo yo, no otras personas…

—¿Estás hablando de mí? —se ofendió la Chiclona.

—No peleen —las interrumpió Mark, subiendo las escaleras—. Espérenme. Voy a buscar materiales para el antena.

Las tres chicas se quedaron solas en la sala. Ana miró la mesa donde se habían escondido con Martina el día anterior. En la sábana que la cubría podían verse con claridad los restos de baba que había dejado el monstruo.

Sin decir nada, la Chiclona se dirigió hacia las escaleras.

—¿A dónde vas? —le preguntó Martina.

—¿Qué te importa? —respondió ella mientras subía.

—¡Vamos! —le dijo Martina a Ana.

—¡No! ¡Espera! Puede estar el bicho, es peligroso.

—Más peligroso es dejar sola a la Chiclona con Mark.

—Yo no voy.

—Bueno, quédate aquí —dijo Martina, subiendo las escaleras.

Ana permaneció un segundo donde estaba, pero quedarse sola le daba más miedo que ver de nuevo al monstruo.

Subieron a la planta alta y se encontraron a la Chiclona petrificada mirando hacia el interior de una habitación. Las chicas se asomaron y se sorprendieron tanto como ella.

El lugar estaba plagado de artefactos hechos con piezas

de electrodomésticos viejos. A un costado había seis televisores apilados, conectados a unas licuadoras y una consola de radio. Una fila de microondas quemados sostenía un aire acondicionado roto. En el centro de la habitación, sobre una mesa, había un proyector de diapositivas que apuntaba al techo.

—¿Qué es toda esta basura? —dijo la Chiclona.

—No es basura. Mark es un artista —le respondió Martina.

—Mira —señaló Ana.

Junto al proyector, conectada a él con un cable, había una foca sacapuntas.

—¡Se compró una foca como la que te regalé yo! —se alegró Martina.

La levantó y, para verla mejor, la puso bajo un rayo de sol que entraba por la persiana. Al recibir calor, la foca cambió del azul al rojo, y de pronto se encendieron todos los aparatos. En la pantalla de los televisores aparecieron ondulaciones grises, y la vieja radio emitió un zumbido agudo, el mismo que las chicas habían escuchado el día anterior.

—¿Qué hiciste? —gritó la Chiclona.

—¡Yo no fui! —dijo Martina—. ¡Ana, ayúdame a apagarlos!

Tocaron todos los botones que veían, pero los aparatos seguían funcionando. El proyector que apuntaba al techo, en lugar de mostrar diapositivas, emitió un holograma en tres dimensiones del edificio de la escuela. La imagen era muy parecida a la maqueta que había hecho Mark. Se veían con claridad los salones que rodeaban el patio central, y en los vértices del techo cuatro antenas iguales a las que habían fabricado. Pero a diferencia de la maqueta, el holograma estaba animado. Era un video, una especie de película de ciencia ficción. En pocos segundos, las chicas vieron una secuencia increíble: una nave espacial pequeña y ovoide aparecía en el techo de la escuela. Las antenas del edificio se encendían y las luces se unían, formando un rectángulo lumínico. Dentro del rectángulo de luz, se abría un gran agujero negro, como una puerta a otra dimensión. La nave espacial se elevaba y en menos de un segundo atravesaba el agujero, perdiéndose en el espacio. Entonces las antenas se apagaban y la compuerta cósmica desaparecía.

Las chicas miraban esa extraña película cuando descubrieron a Mark parado en la puerta, detrás de ellas.

—¿Qué hacen aquí? —preguntó el chico.

—Fue su culpa —señaló la Chiclona a las chicas.

—Queríamos ir al baño… y nos perdimos —mintió Ana.

—Ah… como el otro día —dijo Mark—. ¿Ya olvidaste dónde es el baño?

—¿Todo esto es obra tuya? —preguntó Martina, cambiando de tema.

—Sí —dijo Mark, y puso la foca sacapuntas en su lugar.

Esta volvió al color azul, y todos los aparatos se apagaron a la vez.

—¡Qué genio! —exclamó Martina—. ¿Es un juego?

—¿Ustedes qué creen?

—Yo creo que sí… —titubeó Ana.

—Yo creo que no —dijo Mark, con mirada amenazante.

—¡Uy! ¡Se hizo re tarde! —dijo Martina, tomando a Ana de la mano para salir de la habitación—. Perdón, Mark, fue una equivocación.

—Sí, volvamos a la escuela —propuso asustada la Chiclona.

—Lo siento —respondió él, interrumpiéndoles el paso—. No pueden irse. Saben demasiado.

De pronto el cuerpo del chico empezó a hincharse y a crecer de tamaño. Su pecho, brazos y piernas se ensancharon, la cabeza se alargó. Los ojos se hundieron en sus cuencos, y en su lugar empezaron a crecer dos antenas gelatinosas. Toda la piel de Mark, incluido el pelo, cayó al piso como un disfraz, dejando al descubierto a la babosa gigante.

—¡AAAHHH! —gritaron las chicas.

El monstruo abrió la boca con cientos de colmillos y se lanzó sobre ellas. Las chicas lo esquivaron y la criatura golpeó contra la pantalla de un televisor. Ellas corrieron escaleras abajo, directo hacia la puerta de entrada.

—¡Está cerrada! —gritó Ana, tirando del picaporte.

Oyeron un alarido y vieron a la babosa en las escaleras. Corrieron por el pasillo y entraron en el primer cuarto que encontraron. Por suerte tenía llave. Le dieron una vuelta.

—¿Y ahora? —gritó Martina.

Ana fue hasta la ventana y trató de abrirla.

—¡Ayúdenme! ¡Está trabada!

Martina y la Chiclona hicieron fuerza con ella, pero la ventana no cedía. Se oyó un golpe y la puerta tembló.

—¡La va a tirar! —gritó la Chiclona.

—No… está entrando por abajo —se puso pálida Martina.

Por la rendija de la puerta comenzó a filtrarse una baba verde y gris, gelatinosa.

—¡Busquemos algo para defendernos! —dijo Ana.

Abrieron el único armario que había en el cuarto. De un gancho colgaba una especie de disfraz de piel sintética, con cara y una larga peluca rubia incluida.

—¡¿Es la mamá de Mark?!

—¡Entonces la babosa también se disfrazaba de ella!

El horrible monstruo pasó la cabeza por debajo de la puerta y les gruñó mostrando sus afilados colmillos. Martina tomó el gancho del ropero y avanzó para golpearlo. Pero la babosa le quitó con la boca el improvisado garrote, lo trituró de un mordisco y lo escupió.

—¡No quiero que me coma! —lloriqueó la Chiclona escondiéndose detrás de Ana.

La criatura terminó de pasar su cuerpo gelatinoso y se irguió sobre la cola, dispuesto a devorarlas. Las chicas se apretaron contra el ropero. De pronto el vidrio de la ventana estalló con un piedrazo que vino desde afuera. ¡Era Miligrana!

—¡Pelea con uno de tu tamaño, cobarde! —le gritó al monstruo, y entró de un salto, empuñando un palo. Pero apenas dio un paso, tropezó y se cayó.

La babosa miró a Miligrana y abrió la boca para morderlo.

—¡No, po–por favor! ¡Soy muy joven pa–para morir! —rogó Miligrana, cubriéndose con un paquete enorme de cacahuates que sacó de su chamarra.

El brusco movimiento hizo que unos cacahuates salieran

volando y tocaran la piel del monstruo. Al instante, la bestia soltó un gemido de dolor y comenzó a segregar una espuma verdosa.

—¡La sal le hace mal! —exclamó Ana—. ¡Tírale más cacahuates!

Miligrana tomó un puñado y se lo arrojó. La babosa se dobló y segregó más espuma, retrocediendo.

—¡Más! ¡Tírale más! —gritaron las chicas.

Miligrana siguió arrojándole cacahuates hasta que la babosa, encorvada y pequeña, quedó arrinconada contra la pared.

—¡Tíraselo todo! —gritó la Chiclona.

Miligrana levantó el paquete para vaciárselo encima.

—¡No! ¡Por favor, no me mates! —suplicó la babosa—. Yo no quería lastimar. ¡Solo volver a casa!

Sus ojos retráctiles parecían lagrimear. Por un momento, los chicos volvieron a reconocer en ellos a Mark, al único chico que se atrevió a sentarse con Miligrana, que confió en ellos para colocar las antenas y del que Martina estaba perdidamente enamorada. Un amigo que estaba muy solo y ahora les pedía ayuda.

—Déjenme explicar, por favor…

—¡Tírale la sal! —le gritó la Chiclona a Miligrana—. ¿Qué esperas?

Miligrana miró a las chicas, indeciso. Ana le quitó el paquete y lo cerró mirando a la babosa con el ceño fruncido.

—¡¿Qué haces?! —chilló la Chiclona.

—Vamos a darle una oportunidad —dijo Ana.

Capítulo 17

Manteniendo una distancia prudente, los chicos escucharon a la babosa.

El monstruo les explicó que era un babolio; es decir, un nativo de Babalia, un planeta pequeño pero muy desarrollado, a miles de años luz del sistema solar. Él viajaba con su nave cuando, por accidente, entró en un vórtice del espacio y cayó en la Tierra. Luego de permanecer un tiempo escondido, logró armar el sistema de transmisores que los chicos habían visto y comunicarse con sus padres. Ellos lo ayudaron a diseñar un plan para volver a su planeta.

—¿Tus papás? —preguntó Ana, asombrada—. ¿Cuántos años tienes?

—Ciento veinte, recién cumplidos —dijo el babolio.

—¡Qué viejo! —dijo Miligrana.

—No. En Babalia es como tener el edad de ustedes.

—Por lo menos en eso no nos mentiste… —dijo Martina, ofendida.

Todavía no podía creer que Mark no existía, y que se había enamorado de un extraterrestre con antenas y cuerpo gelatinoso.

—Todo esto es por volver a mi casa —dijo el babolio—. No soy contra ustedes.

—¿Ah, no? ¿Y entonces por qué querías comernos? —gritó la Chiclona.

—No los iba a comer. Los babolios somos vegetarianos. Quería encerrarles porque no arruinen mi plan. Mis padres avisaron que tuve mucho cuidado, porque en Tierra no tratan bien a extranjeros. No era posible dejar que ustedes cuenten lo que saben.

—¿Pero cuál es tu plan para volver? —preguntó Ana—. No entiendo por qué te hiciste pasar por un chico y viniste a nuestra escuela.

—Los antenas no son por Internet. Son por abrir un portal y que pueda irme con mi nave. Es lo que vieron en los imágenes. El problema es que el portal puede abrir solo cuando planetas del sistema solar tienen cierto alineación. Esto ocurre un día cada diez años y en un solo lugar del Tierra. Ese día es hoy, al ocho de la noche. Y el lugar es el manzana donde está la escuela.

—¡No te creo! —dijo la Chiclona—. ¿De dónde sacaste el disfraz? ¿Y esta casa?

—La casa es deshabitada. Los disfraz son fácil de hacer con instrucciones de mi madre y tecnología de mi nave.

—Entonces estás ocupando una casa que no es tuya —lo acusó la Chiclona—. ¡Hay que llamar a la policía!

—Tranquila —dijo Ana—. ¿No ves que está perdido y no tiene a dónde ir?

—¿Y a mí qué me importa? Este es nuestra colonia y nuestra escuela. Y si eso del portal no funciona, ¿qué? ¿Vamos a tener a esa… este… coso horrible viviendo entre nosotros?

—A ti te gustaba —le dijo Martina—. ¿Por qué no le das un beso ahora?

—¡Puaj! Prefiero darle un beso a Miligrana.

—No, gracias —dijo Miligrana, y se puso al lado de Martina.

—¿Me van a ayudar a reparar el anteno? Quedan solo dos horas para las ocho —dijo el babolio.

—¡Ni loca! Voy a llamar a papá para contarle todo —sacó su celular la Chiclona.

Ana se lo quitó.

—No vas a llamar a nadie. Vamos a ayudar a Mark.

—Y si no quieres, te encerramos en el ropero —le dijo Martina.

La Chiclona miró a los chicos calculando si podía contra todos. Finalmente se rindió y forzó una sonrisa.

—Está bien —dijo—. Ayudemos a Marki.

—¡Gracias! ¡Ustedes son amigos! —se alegró el babolio.

—Sí, amigos —dijo Martina—. Pero yo me quedo con el celular de la Chiclona por las dudas.

—Como quieras —dijo ella, ignorándola.

El babolio llevó a los chicos hasta un cuarto donde tenía una pila de electrodomésticos viejos y herramientas con las que podían reparar la antena. Mientras les indicaba cómo hacerlo, Miligrana no paraba de hacerle preguntas sobre su planeta. Él le contó que Babalia era una combinación de ciudad ultra moderna y selva tropical, donde crecían muchas variedades de plantas. Había habitantes como él, y otros que llevaban sobre el lomo grandes conchas de caracol. Los babolios vivían sobre la tierra y también bajo el agua.

—¿Solo comen vegetales? —preguntó Ana.

—Algunos les gustan el barro también.

—¡Qué asco! —dijo la Chiclona.

—Yo no podría vivir en tu planeta —reflexionó Miligrana.

—Entonces la rosa que me regalaste en realidad te la ibas a comer… —dijo Ana.

—Sí —dijo el babolio—. Por purgarme de la sal.

Ana notó que Martina se había quedado en un rincón, mirando al babolio en silencio.

—¿Estás bien? —le preguntó.

—Estaba pensando que la próxima vez podría enamorarme de una medusa… o de una gelatina…

—No fue tu culpa, Martina. Nos engañó a todos.

Su amiga asintió con los ojos llorosos.

—Es que me gustaba tanto Mark…

—Perdón —se acercó el babolio—. No fue mi intención de lastimar.

—¿Sabes lo que es enamorarse? —le preguntó Martina, dolida.

El babolio asintió, triste.

—A mí me gusta un amiga en Babalia.

—¿En serio? —se asombró Martina.

—Sí… pero no me atrevo a decirlo a ella.

—Eso nos pasa a todos —se le escapó a Miligrana.

—¿Sí? ¿A ti quién te gusta? —preguntó Martina, más animada.

—¿A mí? ¡Nadie! —dijo él, nervioso—. Digo que es algo normal que nos pase eso…

—Anda… —insistió Martina.

El chico la miró a los ojos y se puso colorado. Martina abrió los suyos muy grandes por la sorpresa.

—¡Te gusta la cuatrojos! —se burló la Chiclona.

—Son cosas de él —lo defendió Ana.

—¿Entonces me perdonas? —le preguntó el babolio a Martina.

Martina lo miró dudando y sonrió. Se sentía mejor. Que ella le gustara a Miligrana era un halago.

—Te perdono… —dijo—. Pero si te hubieran obligado a salir con una chica, ¿a quién hubieras elegido?

—Mmmm… A Antonia.

—¿Antonia? ¿Quién es?

—Una chica de quinto grado que escupe mucho cuando habla —dijo la Chiclona.

—Sí. A los babolios nos gusta bañar en baba —dijo el extraterrestre.

—Lo nuestro nunca hubiera funcionado… —admitió Martina—. Igual, por las dudas, si vienes de nuevo a la Tierra mejor disfrázate de perro.

El babolio se sacudió de pies a cabeza y emitió un ruido extraño. Era su forma de reír.

Los chicos se apuraron a quitar las partes que necesitaban de los electrodomésticos y Mark se ocupó de soldarlas a la antena. A las siete de la tarde el trabajo estaba terminado.

—Ahora hay que colocarla en el colegio, y llevar la nave hasta allá —dijo Ana.

—Sí, hay que apurar. Queda un hora para abrir el portal

—dijo el babolio—. Esperen aquí. Voy a buscar el nave.

Unos minutos después, el babolio volvió. Estaba nuevamente disfrazado de Mark. Sus ojos azules y la cabellera dorada volvieron a encandilar a Martina.

—Es tan lindo… —le murmuró a Ana.

—¿Por qué te disfrazaste de nuevo? —preguntó Miligrana.

—Para llevar el nave a colegio. No puedo salir en la calle como soy —dijo Mark.

—¿Y la nave? —dijo Ana.

—Aquí —dijo él, y sacó de su bolsillo un huevo de metal.

—¿Ahí te vas a meter?

El extraterrestre asintió y los miró.

—¿Y Chiclona? —preguntó.

—Dijo que iba al baño… —recordó Miligrana.

—¡Pero eso fue hace mucho! —se preocupó Ana.

Los chicos se habían concentrado tanto arreglando la antena que no se dieron cuenta de que la Chiclona había desaparecido. Corrieron hasta el baño y golpearon la puerta con fuerza.

—¡Vanina! ¡Abre! —llamó Ana.

—¡Sal o entramos! —se enojó Martina.

No hubo respuesta. Martina trató de abrir la puerta, pero estaba cerrada.

—¿Le habrá pasado algo? —titubeó Miligrana.

—Yo abro —dijo Mark.

Escupió en la cerradura y la baba se deslizó dentro del mecanismo, destrabando el pestillo. La puerta se abrió. El baño estaba vacío.

—¿Desapareció? —se impresionó Miligrana.

—Se escapó por ahí —dijo Ana, señalando una pequeña ventana abierta.

Los chicos se asomaron. En la calle, una camioneta acababa de frenar frente a la casa. Adentro estaba la Chiclona con su papá. Él llevaba puesto su chaleco de caza.

Capítulo 18

—¿Quién es ese hombre? —preguntó Miligrana.

—El padre de la Chiclona —dijo Ana.

El hombre había bajado de la camioneta. Además del chaleco, llevaba una escopeta.

—¡Viene a cazar a Mark! —dijo Martina—. ¡Hay que esconderlo!

—¡No hay tiempo! —dijo el Babolio—. Debo colocar el anteno o no vuelvo a mi planeta.

—¡Pero no podemos salir por la puerta! —observó Ana.

—Y por acá tampoco —dijo Miligrana viendo cómo la Chiclona los señalaba, indicándole al padre que entraran por allí.

Los chicos cerraron rápido la ventana y miraron a Mark, nerviosos.

—¿Qué hacemos?

—Vamos en el colegio con mi nave —les dijo mostrándoles el huevo metálico.

—Pero no entramos ahí —dijo Martina.

Mark corrió hasta la sala, seguido por los chicos, y puso el huevo en el suelo. Lo apretó de los costados con ambas manos y el artefacto creció hasta alcanzar su altura.

—Tecnología babalia —sonrió Mark, y apoyó una mano sobre la superficie metálica.

Una compuerta se abrió suavemente hacia arriba. Dentro se veía un tablero, varias pantallas y dos asientos.

—Suban.

Los chicos dudaban, observando la nave boquiabiertos.

—Yo n-no quiero viajar a t-tu planeta —dijo Miligrana.

—Vamos al escuela, no a Babalia. Es el único forma de llegar.

—Tiene razón —dijo Ana—. No podemos ir a pie. La Chiclona y su papá van en auto. Nos van a alcanzar enseguida.

En ese momento oyeron voces en otra habitación.

—¡Ya están aquí! —dijo Martina.

—¡Vamos! —ordenó Mark.

Los chicos saltaron al interior del huevo. Había mucha humedad y todo estaba pegajoso. Tuvieron que apretarse unos sobre otros. Mark abrió la ventana de la sala, después se ubicó en su asiento de la nave y tocó un botón. Se encendieron tres luces.

—¡Ahí están! —gritó la Chiclona desde el pasillo.

En ese momento la compuerta del huevo se cerró.

—¡Alto, alienígena! ¡Deténgase! —gritó el padre de la Chiclona, apuntando con su arma.

Pero la nave zumbó, se elevó del suelo y salió por la ventana, manejada por Mark.

—¡Esto es increíble! —dijo Miligrana, y trató de sacar su teléfono para filmar, pero estaban tan apretados que no lograba moverse.

Aunque desde afuera no podía verse el interior, desde adentro se veía todo, como si la nave entera fuera de vidrio transparente.

—¡Esa es mi casa! ¡Mi mamá! —dijo Martina, señalando un patio donde una mujer estaba descolgando ropa.

Los chicos nunca habían visto la ciudad desde arriba. Era como flotar adentro de una burbuja. Pero el paseo duró muy poco: un minuto más tarde descendían sobre la escuela. Empezaba a oscurecer, y el colegio se veía distinto en penumbras y en silencio. En el patio estaban secándose los bancos recién pintados, y había restos de la jornada de trabajo: lijas, pinceles, tarros de pintura, periódicos, herramientas.

La nave se posó suavemente sobre la terraza.

—¿No podemos dar otra vuelta? —preguntó Martina—. Es genial.

—No hay tiempo —dijo Mark, abriendo la compuerta de la nave.

Bajaron de la nave y en ese momento escucharon golpes en el portón de entrada de la escuela. Miligrana se asomó a la calle desde la terraza.

—¡Es la Chiclona con su papá!

—Rápido —dijo Mark, tomando la antena que faltaba.

Ana y Martina lo ayudaron a colocarla en su lugar. Miligrana bajó a conectar los cables en la biblioteca y volvió. Unos segundos después las antenas se encendieron, emitiendo una luz amarilla.

—Nadie se mueva —dijo una voz a sus espaldas.

Eran la Chiclona y su papá.

—¿Vi-vinieron a d-despedirse de Mark…? —preguntó Miligrana, asustado.

—Ese monstruo va a despedirse de nosotros —dijo la Chiclona—. ¿No, papá?

—Así es, querida.

—¿Qué monstruo? ¿No ve que Mark es un chico normal? —dijo Ana, tratando de convencer al hombre.

—Mi hija me contó todo. A mí no me van a engañar. A un lado, chicos. Esto no es un juego —dijo empuñando el arma.

—¡No! —gritó Martina, poniéndose frente a Mark.

—A un lado, niña —dijo el padre de la Chiclona—. Puedes salir lastimada.

Ana y Miligrana dieron un paso y también se pararon delante del babolio, protegiéndolo.

—¡¿Qué hacen?! —chilló el hombre—. ¿No se dan cuenta de que ese alienígena puede habernos infectado a todos? Voy a cazarlo y a llevar sus restos para que lo investiguen en un laboratorio.

En ese momento las antenas pasaron del amarillo al naranja.

—Tengo que subir al nave… —murmuró Mark.

Los chicos vieron un charco de baba verdosa que se deslizaba por el suelo y avanzaba rápidamente hacia la Chiclona y su padre. En un segundo, la sustancia se infló y ambos quedaron encerrados en una burbuja. Furioso, el padre de la Chiclona lanzó una patada, pero lo único que logró fue rebotar contra la jalea verdosa y caer de sentón. La Chiclona gritaba sin que se le oyera nada.

Las antenas de la terraza se pusieron rojas. Un haz de luz las unió, formando un rectángulo brillante.

—Tengo que ir —dijo Mark.

—¿Vas a volver? —le preguntó Martina.

—No creo. Pero espero que no olvidar de mí y me perdones engaño.

Mark se le acercó a Martina y, sin dejar de mirarla, le dio un beso suave en los labios.

Martina cerró los ojos. Tuvo una sensación nueva y muy agradable. Por un instante, se olvidó de que la estaba besando un babolio.

Miligrana carraspeó con fuerza.

—¿No tenías que irte? —preguntó.

—Cierto —dijo Mark.

—No olvides que en la Tierra tienes amigos —le dijo Ana.

—Y ustedes en Babalia —dijo la criatura, y entró en la nave.

Martina se tocó los labios sin poder creerlo. Había dado su primer beso… ¡a un extraterrestre!

El rectángulo de luz que formaban las antenas se proyectó en el cielo. Dentro se abrió un agujero negro que comenzó a expandirse, mostrando millones de estrellas. La nave se elevó y despegó a toda velocidad perdiéndose en el espacio. Segundos después, el agujero desapareció y las antenas se apagaron.

El cielo violeta del anochecer volvió a lucir igual que siempre sobre la colonia. Una bandada de pájaros pasó volando.

—Lo voy a extrañar —suspiró Miligrana—. Era mi compañero de mesa…

La burbuja que encerraba a la Chiclona y su papá explotó y ambos quedaron salpicados de baba.

—¡¡Tengo el pelo verde!! —chilló la Chiclona, mirándose las puntas del cabello.

—No te preocupes —sonrió Martina—. ¡Te queda re lindo!

Capítulo 19

—¿Entonces no saben qué pasó con Mark? Estuve llamando a su casa, pero no contesta nadie.

La señorita Lidia conversaba con Ana y Martina en el patio de la escuela. Las jornadas de ayuda habían terminado y el colegio había quedado muy lindo. Para celebrarlo habían organizado una fiesta e invitado a los padres y familiares de los alumnos.

—Nos dijo que se iba a mudar lejos, con su mamá —respondió Ana.

—¿Así de un día para otro, sin avisar? —dijo la señorita—. Qué lástima, con lo lindo que era su proyecto…

Miligrana se acercó con media rebanada de pastel en la mano. La otra mitad la tenía en la boca.

—¡Está todo riquísimo! —dijo.

—¡Que quede un poco para los demás! —se quejó Martina.

—Y no hables con la boca llena —sonrió la señorita, alejándose.

En el patio habían armado una mesa larguísima con pasteles, tartas, sándwiches, bocaditos y bebidas. Ana se alegró de ver que lo que había cocinado junto a su mamá tenía éxito.

En ese momento le tocaron el hombro. Al darse vuelta

se encontró con Lucas. Extrañamente, no se puso nerviosa. Esta vez, el que estaba nervioso era él.

—Hola, Ana. Me enteré de que la Chiclona te dijo anticuada —dijo Lucas, con culpa.

—Algo así. Pero uno no puede preocuparse por lo que digan los demás. Y menos de alguien con el pelo verde…

Ana señaló a la Chiclona. Se había puesto medias verdes y aretes verdes para que hicieran juego con el pelo, y andaba diciendo por ahí que ahora era su color favorito. Su padre le había aconsejado que no dijera la verdad de lo que había pasado, porque nadie le creería. Además, Ana, Martina y Miligrana habían prometido guardar la historia del babolio como un secreto entre ellos.

—Es cierto —admitió Lucas—. Lo que piensen de nosotros los demás es problema de ellos.

—Todos somos diferentes —dijo Ana.

—Yo solamente quería pedirte perdón. Tendría que haber ido yo a hablarte, no mandar a Rodrigo.

—Sí. Pero igual ya pasó.

—¿Entonces no estás enojada conmigo?

—Ya no.

—Gracias —Lucas sonrió, aliviado—. ¿Quieres que vayamos a tomar un helado, algún día?

—Lo voy a pensar —dijo Ana.

Lucas se alejó. Ana se quedó mirándolo y se sintió muy bien. Era lindo saber que él seguía apreciándola, y que podían ser amigos.

—¡Ana! —dijo Martina, acercándose con Miligrana—. Te rescatamos una rebanada de pastel.

—¡Gracias! —dijo Ana.

—¡Ey, Martina! —oyeron.

Eran Yamila y Ludmila, las hermanastras de Martina. Vestían pantalones verdes y camisetas naranjas. Una de las remeras tenía escrita las letras "DIO" y la otra "SAS". Cuando se ponían juntas, formaban la palabra: "DIOSAS".

—¡Qué bueno que vinieron! —se alegró Martina.

—¡No nos íbamos a perder la fiesta! —dijo Yamila—. Además, queremos conocer a tu novio de una buena vez.

—¿Dónde está ese bombón? —preguntó Ludmila

—Ya no salgo con él —les anunció Martina.

—¿En serio? —se asombraron las hermanastras—. ¿Qué pasó?

—Era… muy pegajoso —dijo ella—. ¿No, Lisandro?

Miligrana se quedó mudo. Era la primera vez que lo llamaban por su nombre.

—Chicas —lo presentó Martina—. Él es mi amigo Lisandro.

—¡Hola! —lo saludaron Yamila y Ludmila con un beso.

A Miligrana se le encendieron los ojos, feliz.

—Oí que hablaban de un bombón. ¿Quieren pastel? —les ofreció—. ¡Está delicioso! Ahora les traigo.

—Lisandro es re bueno, y muy valiente —dijo Martina cuando él se alejó.

—La semana que viene vamos a hacer una fiesta por nuestro cumpleaños. ¡Que venga! —dijo Yamila.

—Buenísimo. ¿Puedo ir con Ana también?

—¡Obvio!

—Genial —dijo Martina—. ¿Oíste, Ana?

Aunque Ana estaba ahí, no había escuchado nada. Solo sonreía. Seguramente, seguiría sonriendo muchos días más.

Índice